U0045711
救了想一躍而下的女高中生
會發生什麼事？
3
岸馬きらく
插畫／黒なまこ
角色原案、漫畫／らたん
Kadokawa Fantastic Novels

目錄

「……看來我……比想像中還要喜歡結

呢。」

救了想一躍而下的女高中生會發生什麼事？3

岸馬きらく

插畫／黒なまこ

角色原案、漫畫／らたん

Kadokawa Fantastic Novels

序章

在高中入學的第一天，大谷翔子遇見了結城祐介。

入學當天該如何表現，想必讓許多少年少女相當苦惱吧。

尤其是對大谷這種身邊沒幾個同國中畢業的人來說，當天的表現，對今後的校園生活可說是具有重大的影響力。

但大谷已經決定要如何採取行動了。

總之就是跟坐在附近的人打聲招呼聊聊天。

座位距離很近，表示會經常碰面，只要好好培養感情，便有極大機率能成為「親密摯友」。

最好盡量找「在班上還沒交到朋友的那種人」。

倘若對方已經交友廣闊，就很難掌握那群朋友和新朋友之間的平衡，感覺會很麻煩。

在這層意義上，坐在她前面那個名叫「結城」的男同學，便非常適合搭話。

「……（沙沙沙）」

不知為何，在入學當天早上班會前的這段時間，他居然還翻開參考書默默學習。

從剛剛開始，前方就不斷傳來在參考書上填寫答案的聲音。

這個男生現在在班上一定沒有朋友吧。

（而且，我只是單純對他感興趣罷了。）

看他連這種時候都在用功讀書，大谷本以為他是個書呆子，他的體型卻相當結實，彷彿受過長時間的運動訓練。

不過，在周遭眾人都興奮著急地想在班上結交新朋友的氣氛中，他卻依舊聚精會神地寫著參考書上的習題。即使是再離譜的書呆子，感覺依舊很不尋常。

於是，大谷決定要找這個奇怪的同學聊一聊。

「我問你，你叫什麼名字？」

「……（沙沙沙）」

大谷喊了他一聲，他卻沒回話。

他似乎根本沒注意到大谷，十分專注地在參考書上動筆填寫答案。

「我在叫你耶。」

「……（沙沙沙）」

大谷這次加大音量又喊了一聲，他還是毫無反應。

「喂～哈囉～」

再這樣下去，那人這輩子都不會注意到自己了吧——大谷這麼心想，並往坐在前面的男同學背後戳了幾下。

結果——

「……」

前面那個男同學的動筆聲戛然而止。

「終於發現我了啊。」

不過，他的專注力還真是驚人。

大谷不禁心想：我可能打擾到他了吧，真不好意思。

既然如此，就先主動打聲招呼吧。

「難得有緣坐在附近，我想請問你的名……」

可是——

「……啊，這裡的正弦要轉換成餘弦啊。」

男同學喃喃自語後，又開始在參考書上填答了。

大谷的太陽穴頓時爆出青筋。

剛才自己確實是打斷他讀書了，但也沒道理被忽視到這種地步吧。

大谷揪起男同學的後領口，硬是把他拉向自己。

「唔呃！」

男同學發出類似青蛙被壓扁的慘叫聲，這才終於轉過頭來。

「妳、妳幹嘛忽然抓人衣領啊！」

「我不管什麼正弦、餘弦還是尤塞恩．博爾特，別人都喊你三次了，你居然都不理不睬，膽子還真不小耶……有意思，你叫什麼名字？最好快點報上名來。」

「啥、啥啊？妳什麼意思……」

但見大谷皺緊眉頭、狠狠一瞪，男同學似乎被她的氣勢嚇住，不知所措地說了聲「好、好啦」，這才道出自己的名字。

「……結城、結城祐介。」

結城祐介——這個升上高二後依舊跟自己同班、坐在同一個座位的男同學，用睡眠不足而帶了點黑眼圈的眼睛望著自己說道。

「是嗎？我叫大谷，大谷翔子。」

「……感覺像是會二刀流技術的名字耶。」

「不好意思，百合這方面不是我的專業。」

「？？？」

結城歪著頭看著大谷，彷彿完全聽不懂她在講什麼。

這就是大谷翔子和結城祐介的初識。如今大谷不禁心想：

或許從初次交談的這一刻起，自己就對這個怪怪的男生隱約有點好感了。

第一話　跟那傢伙真像

——入學一個月後。

「我要出門了。」

大谷翔子在自家玄關穿著鞋子，並開口說道。

「翔子，妳還是這麼早起呀。」

在玄關送大谷出門的，是一名溫婉的女性。

「則子阿姨，妳今天也要上晚班吧？不用特地配合我的時間起床啊。」

「哎唷，身為一名母親，當然會想為出門上學的女兒送行啊。」

「哪有……因為我……」

看見則子溫柔的笑靨，大谷就說不出後面那些話了。

「爸呢？」

「優太啊，還趴在書桌上睡覺呢。都已經說過這樣對身體不好，叫他去床上睡了……」

「是嗎……還是老樣子呢。」

大谷腦海中立刻浮現出爸爸趴在工作桌上熟睡的模樣，她已經從小看到大了。

「那我出門了。」

「好，路上小心喔。」

大谷轉身背對母親的叮嚀，踏著皮鞋走出了玄關。

◇

大谷很喜歡早上的學校。

尤其是早到教室空無一人的時候。

平常人多嘈雜的空間變得鴉雀無聲，這種時候獨處的感覺簡直太美妙了。

從國中時期以來，大谷就習慣第一個到校，讀讀漫畫小說，或是畫畫圖。

但升上高中後，每次都有人捷足先登。

「……（沙沙沙）」

就是入學當天被她揪住後領口的男同學結城。

不管大谷多早來學校，這個男生都一定會早她一步，獨自在教室裡默默讀書。

當大谷「喀啦喀啦」地拉開門走進教室時。

「……啊，早啊，大谷。」

結城從參考書上微微抬起頭，跟她打了聲招呼。

「早安，結城，你還是這麼拚啊。」

大谷回話後，結城並未特別說什麼，再次看向參考書，繼續讀書。

他的態度相當冷漠，卻已經算不錯了。

之前即使大谷走進教室，他也是連看都沒看一眼。所以能像這樣跟大谷問候一句，可說

是一大進步了。

在自己的座位就座後，大谷翻開昨天還沒看完的小說開始閱讀。

結城依舊默默地繼續讀書。

教室裡一片寂靜。

只能聽見大谷的翻頁聲，還有結城動筆書寫的聲音。

（……這段時間感覺很平靜耶。）

直到上高中之前，早上的教室還是大谷專屬的空間，如今卻大不相同。

但跟坐在前面的男同學單獨相處的時光，大谷也覺得滿愜意的。

◇

「好，今天就上到這裡吧～」

班導說完這句話並走出教室後，學生們便同時從座位上起身，各自進行放學後的預定行程。

有些學生要去社團訓練，有些學生和朋友相約玩耍，有些學生獨自滑著手機離開教室。

至於坐在前面的結城——

「好。」

他立刻收拾好書包，一溜煙地衝出教室。

順帶一提，他的右手還拿著捲成一團的淡紫色工作服，看樣子是在打工吧。

（……從早上就這麼認真念書了，放學後還要打工，他還真是拚命。）

大谷看著結城，如此心想。

順帶一提，大谷雖然沒有參加社團，放學後卻仍會在教室悠閒地待一會兒。

她並不是因為喜歡教室，只是想避開學生放學的尖峰時段罷了。她會等一批人移動完畢後，才慢慢地離開學校。

她沒有社交恐懼症，在班上和校外也都有愛好相同的朋友，只是不喜歡人多擁擠的感覺。

所以放學後，她看著答案把老師出的作業隨便寫了寫，再玩玩最近沉迷的手機遊戲，打發剩下的時間。

這時大谷心想「我這個人真會過生活」。

雖然處事不算特別精明，但她自制力很強，所以不會對高中生活特別興奮，在班上也能順利混入小團體中，用自己喜歡的方式過生活。

相對地，她也發現自己沒有其他同學那種「熱衷的心情」。

放學後幾乎沒什麼人的教室裡，傳來了管樂社的小號聲，還有運動社團不知在喊些什麼的吶喊聲。除了極少數的人之外，絕大多數人未來應該都不會靠這些技能謀生吧。

有些朋友也會每天又哭又笑地把男友的事掛在嘴邊。高中生情侶未來幾乎都不會走到婚姻這一步，所以她覺得不必如此執著。

儘管如此，他們現在都還是對這些事「無比熱衷」。

這也讓大谷有些羨慕。

如果自己再笨拙一點，是不是也能像他們一樣熱衷於某些事呢？

「但要是拚命到像他那種程度，感覺也不太好……」

說完，大谷看著自己前方的座位，唸唸有詞。

那個人用功念書的模樣已經超越了「熱衷」的境界，甚至有點瘋狂了。

過了一會兒，當夕陽開始逐漸西斜，學生們也變得稀散一些後，大谷才從座位起身，離開學校。

◇

大谷回到家時，已經是太陽完全下山的晚上八點多了。

回家途中，她去了常去的那間書店，買下幾本有興趣的作品後，又直接到常去的那間顧客稀少的咖啡店，看了剛才買的那些書。

大谷雖然是放學後會直接回家的人，但偶爾也會像這樣在外頭消磨時間才回去。儘管在外面做的事跟在家裡沒什麼兩樣，感覺卻不大相同，所以她很喜歡。

「我回來了。」

大谷這麼說，家裡卻無人回應。

「……哎。」

每當發生這種事，基本上就只有一種狀況。

這個時間，則子已經去上班了，所以不在家裡。

可是另一個人一定在家裡。應該說，那個人幾乎不會外出。

但家中無人回應，那就表示……

大谷脫完鞋子踏上走廊，走上樓梯後來到某個房間前面。

房門半掩，房裡微微飄散出墨水的氣味。

「果然又趴在桌上睡著了。」

大谷走進房間。在畫材散亂各處的房間裡，看到一個中年男子趴在桌上發出規律的鼻息。

那是她的父親大谷優太。

大谷搖搖優太的身體說：

「好啦，爸，起來吧。」

「嗯……」

被女兒叫醒後，優太抬起頭來。

一頭亂糟糟的黑髮，忙得沒時間刮除的鬍渣。儘管身材高挑，但身體線條與其說是纖瘦，不如說是瘦骨嶙峋。下垂的眼角看起來不太可靠，跟「炯炯有神」四個字完全搭不上邊。

優太東張西望地看了看四周，過了一會兒又盯著大谷的臉看。

接著又用毫無氣勢可言的遲緩嗓音說道：

「……啊，妳回來啦，翔子。今天妳的臉怎麼這麼模糊，好像蒙上一層煙霧似的？」

「你真的睡傻了耶。來，眼鏡給你，戴上吧。」

大谷拿起被丟在桌上的眼鏡，遞給優太。

大谷同樣遺傳了視力很差這一點，如果沒戴眼鏡，在這麼近的距離也會看不清楚。

「要睡的話就好好睡嘛。」

「每次都讓妳操心，真不好意思。但原稿還沒畫完，我還要再工作一會兒。啊，這件事要對則子保密喔。早上我已經被她警告過了，感覺這次真的會惹她生氣。」

優太戴上眼鏡後就拿起畫筆，在打好草稿的原稿用紙上描出線條。

「乖乖去床上睡不就得了……」

「話是沒錯啦，但週刊連載的進度可是不等人的。」

大谷的父親是在漫畫週刊上連載作品的漫畫家。

值得感激的是，優太似乎是資深的暢銷作家，手上的系列作品已經出版了六十集以上，非常受歡迎。

拜此所賜，大谷的生活才能不虞匱乏，零用錢也比一般人多了一些。

但反過來說，自大谷懂事以來，優太就一直被週刊連載的進度追著跑。

以往助手們回家後，大谷總是看著優太像這樣獨自畫著原稿直到夜深。小時候雖然覺得理所當然而沒放在心上，但來到略懂世事的年紀後，她才發現跟普羅大眾相比，父親的工作方式實在非比尋常。

大谷自己在準備考試時，多少也經歷過全神貫注地拚命狀態，所以現在她很擔心父親的身體狀況。

「我說啊……」

大谷看著在桌前默默工作的優太好一會兒，才出聲喊了他。

「怎麼了，翔子？」

「你的工作方式有辦法改一改嗎？這樣一定會搞壞身體的。」

雖然只能大致猜測，但她知道父親的作品銷量，所以也明白父親賺了多少錢。

父親應該有足夠的積蓄，即使不用汲汲營營地工作，也能過上不錯的生活。

「是啊……但不能只考慮我自己，還要顧及那些助手的生活，和雜誌本身的銷售等，沒這麼簡單啊。」

「這道理我也懂啦。」

像優太正在連載的這種作品除了漫畫形式以外，還會跟許多廠商合作，透過各種方式為

出版社創造商機，不是隨便丟下一句「我不幹了」就可以輕鬆辭退的事。

「但如果是本人強烈要求，還是可以中止連載啊。爸的作品長年來都是雜誌的暢銷作之一，貢獻了不少銷量，編輯部才會推得這麼快吧？」

「話是沒錯啦。」

優太搔搔頭髮繼續說道：

「但在十幾歲就幸運得到連載的機會後，我就一直過著這樣的生活。說來慚愧，我只知道這種生活方式而已。」

優太看向自己拿著筆的手這麼說。

或許是因為長年握筆，他的手指長出了厚厚的繭，還呈現不自然的彎曲。

但優太看著自己的手時，眼神中卻帶著一絲自豪。

「讓翔子和則子為我擔心，我也覺得很不好意思。真對不起。」

說完，優太露出一抹不太可靠的笑容。

「……哎，是沒差啦。只要爸爸不在意，那就順其自然吧。」

看到優太那種表情，大谷也無話可說了。

現在父親一定還是對描繪自己的作品充滿熱情吧。

逼他多注意身體這種情緒勒索的行為，可能太過自私了。

最重要的是，父親的外表和整體感覺雖然都很靠不住，大谷還是打從心底尊敬他的工作態度，也想為他加油。

「對了翔子，妳最近不畫圖了嗎？」

「……是啊。」

「這樣啊，小時候妳經常會拿給我看呢。」

「現在想想，我居然好意思把那麼丟臉的話拿給知名漫畫家看。」

「我倒是很喜歡……好了，原稿原稿。」

說完，優太就把視線轉回原稿了。

「今天則子阿姨會很晚回來，晚餐就叫外送吧？爸就像平常那樣吃豬排丼好嗎？」

大谷開口詢問後，優太還是繼續為原稿描線，只是默默地點點頭。

看來他已經將注意力集中在工作上了。

這時，大谷忽然發現……

（啊，沒錯，就是這種感覺。跟那個人好像啊。）

大谷心想：坐在自己前面的男同學——結城開始讀書的時候，也是這種感覺。

◇

隔天。

大谷一如往常早早來到學校，果不其然，結城也像平常那樣早一步到校讀書了。

「嗨。」

「早安。」

聽到結城簡短的招呼，大谷也只回了一句話。

接著她像平常一樣，在自己的座位就坐，並翻開書本。

但她今天的視線並非落在書上，而是不經意地移向坐在前方的結城背後。

結城微微駝著背，默默坐在書桌前。

儘管體格和長相完全不同，他的身影依舊跟父親優太有些神似。

（原來如此……所以我才覺得平靜啊。）

大谷這才想通了。

這個空間給她的感覺，就像小時候待在父親的工作室一樣。

當時她都看著父親認真工作的寬闊背影，還到處翻閱參考用的漫畫。

一思及此，大谷便想更了解這個同學一些。

「欸，結城，你平常都幾點來啊？」

「嗯？」

被大谷這麼一問，結城停筆並回過頭來。

臉上還是掛著睡眠不足的黑眼圈。

「啊，應該是值班的老師開校門的時候吧。」

「那也才……」

比大谷到校的時間早了將近一個小時。

依他的個性，當然會從那個時間就聚精會神努力念書吧。

而且每天毫不間斷。

「我知道優待生每次考試都得名列前茅，但你不用這麼拚命也可以保持在前幾名吧？」

其實在入學後沒多久舉辦的考試中，結城的成績比第二名以後的人多了超過一百分，可說是無人能及的第一名寶座。

享有學費全免與租金補助優惠的ＳＡ優待生，應該將名次保持在學年前五名就好。只要保持在這個範圍內，就算減少一點讀書時間也無所謂吧。

「我說你啊，為什麼要堅持到這種地步？」

聽了大谷的疑問後。

「因為我不覺得自己是天才啊。」

結城用理所當然的口氣這麼回答。

「我……以後想當醫生。但如果不努力上進，我的實力其實不如人。其實我國一的時候不太用功，排名從後面數過來還比較快，所以我現在才這麼拚命。」

「是嗎？真是了不起的夢想。」

他未來的目標既明確又堅定，實在無法想像他跟自己同年。

「但我搞不懂耶。正常來說，在我們這個年紀應該都想到處玩，大多數的人也很討厭讀書吧？像我就很討厭每天念書。」

「的確是很辛苦，可是……」

「你居然能完全抵抗這些誘惑，每天都這麼努力，簡直非比尋常。你為什麼這麼想當醫生呢？」

「妳問我為什麼……」

結城原本想說些什麼，中途卻戛然而止。

「是啊，為什麼呢？呃，『我想當醫生！』這個念頭當然也是契機之一啦……」

結城雙手環胸思考了一陣，接著說道：

「……真要說的話，因為我小時候就是這樣了，所以我只知道這種生活方式吧。」

結城手上雖然還拿著筆，卻還是豎起食指和中指，自然而然地彎曲成可以握球的手勢。

他看著自己做出的手勢。

他的表情跟大谷的父親一樣，雖然有些自嘲，卻又帶著一絲驕傲。

「這樣啊……」

大谷目不轉睛地看著結城的表情。

「啊，但我本來就對其他事情不感興趣……我這人很無聊吧？」

「對啊。真可憐，你的青春是黑白的耶。」

「說得太狠了吧……呼啊～」

結城打了個大大的呵欠。

「抱歉抱歉。」

「……我之前就一直在想，你是不是沒睡飽啊？」

「啊～呃，嗯，就是有點睡眠不足而已。」

「有點？真的只是有點嗎？」

結城的眼睛下方，依舊牢牢印著睡眠不足引起的黑眼圈。

看到大谷懷疑的視線，結城似乎放棄掙扎，舉起雙手說道：

「好，我說謊，我應該是超級睡眠不足。」

「嗯，都已經有這麼重的黑眼圈了，那還用說。」

（……哎，真是讓人放心不下。）

大谷嘆了口氣。

「要拚是可以，唯獨睡眠問題要好好重視，否則反而會降低效率喔。」

「呃……但我想盡可能多讀點書……」

「別廢話了，給我好好休息。」

其實父親過去也經常逼自己通宵工作，還昏倒好幾次。

人類如果勉強自己，果然只能撐一段時間而已。

「下禮拜你來學校的時候，如果還是沒睡飽的樣子，上課時我會一直往你的後腦杓丟橡

皮擦喔。」

「這什麼無聊的騷擾行為啊！」

◇

時間來到下週一早上。

「早啊，大谷。」

「早。」

大谷到校時，結城像平常一樣正在寫參考書。

大谷就座後也開始看起書來。

今天卻讓她有些意外。

「那個，大谷。」

結城居然主動回頭向大谷搭話。自入學當天認識他以來，這還是第一次。

「嗯？怎麼了嗎？」

「我聽妳的話，昨天試著提早入睡，結果身體狀況好得不得了。睡眠真的很重要耶。」

結城感嘆地這麼說。

「廢話……」

大谷答得有些無奈。

「還有就是……那個……怎麼說呢……」

結城搔搔臉頰，視線有些飄忽不定。

「謝謝妳啊，之前逼我要早點睡。」

「……」

結城有些害羞地這麼說。大谷看著他的臉，頓時有種怦然心動的感覺。

「幹嘛啦？」

「……原來你也會跟別人道謝啊？」

「妳把我想成什麼了……」

在那之後，只要待在學校裡，大谷的眼神經常會自然飄向坐在前面的結城的背影。

大谷完全沒有少女漫畫那種敏感的心思，不會對這份好感視而不見，也不會試圖隱瞞，所以當然有所自覺。

啊，這就是愛上一個人的感覺吧。

她如此想著。

◇

某天早上，結城果然先來了一步。

可是今天……

「……嘶……嘶……」

他卻發出了沉睡的鼻息。

他的睡眠時間應該比先前多了不少，但日積月累的疲勞有時還是會顯現出來吧。

（沒想到睡覺的樣子挺可愛的嘛。）

大谷用食指偷偷戳了戳結城的臉頰。

結果……

「嗯～……」

結城發出了微弱的呢喃。

「……九點八體積莫耳濃度……咕唔……」

唸出這句話後，他再次發出沉睡的鼻息。

「呵呵，夢到什麼了啊？」

大谷坐在自己的書桌上，在其他同學抵達教室之前，都一直看著結城的睡臉。

第二話　那傢伙交到女朋友了

大谷和結城升上高二後依然同班，而且不管換過幾次座位，兩人的位置關係永遠沒變。

大谷在後，結城在前。

簡直就像上天早有安排似的。

或許正因如此，大谷才誤以為現在這份關係會持續到永遠。

結果某一天。

意外發生了。

「欸，大谷，一般的男女朋友都在做什麼啊？」

午休時間，結城忽然回頭拋出這個疑問。

「啊？你是不是吃到什麼怪東西了？」

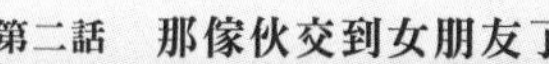

大谷直接把內心話說了出來。

結城已經跟剛入學時大不相同，經常會找大谷隨便閒聊，但這類型的話題還是頭一遭。

大谷反而想問他是不是對這方面感興趣了。

「沒有啦，妳之前不是說自己常畫愛情故事嗎？我猜妳對這方面比較清楚。」

「但我畫的是男男戀耶。」

「咦？」

「怎麼，你交女朋友了？」

還是有喜歡的女孩子了？

聽大谷這麼問……

「咦？那個……嗯，呃，就是這樣。」

結城竟露出雀躍萬分的神情這麼說。

彷彿表情肌肉徹底鬆弛，看來一派鬆懈的模樣。

（看樣子是真的。）

結城交到女朋友了。

大谷明白了這個事實。

（……意外居然這麼快就發生了。）

大谷這麼想，並深深嘆了口氣。

◇

從結城口中聽說這個震撼無比的事實後，時間來到隔天放學後。

大谷一如往常地在教室裡慢慢消磨時間，直到其他學生都離開才準備回家，結果有個人喊了她一聲。

「翔子，妳要回家啦？」

打開門走進教室的，是個穿著棒球隊服的高挑男學生。

藤井亮太。

跟自己一樣是高二學生，不但是棒球隊的第四棒打者，成績也名列學年前十。除此之外，連長相都帥氣有型，是個讓人莫名惱火的存在。

這個男的不知在想些什麼，似乎非常喜歡大谷，幾乎每天都會跑來問大谷要不要和他交往。

但大谷早已對結城懷有好感，每次都會狠狠拒絕。

「幹嘛？又要告白嗎？你都不嫌煩啊？」

「不不不，當然不嫌煩。就算我們交往了，我還是會每天跟妳告白喔。」

「這樣反而更煩人吧？」

不論大谷說什麼，藤井都會開開心心地傻笑回應。當兩人像平常一樣聊了幾句後……

「……不過，結城居然交了女朋友，真是嚇死我了。」

藤井忽然一臉嚴肅地說。

今天午休時，藤井才從結城本人口中得知他交到女朋友的消息，比大谷晚了一天。

「是啊。驚訝歸驚訝，但那傢伙看起來很開心啊，這樣不就好了嗎？」

「……翔子。」

藤井思索了一會兒後。

「吶……妳真的放得下結城嗎？」

並這麼問道。

「沒什麼放不放得下吧。」

藤井知道大谷對結城有好感。

因為藤井對她告白的次數實在太頻繁了，她於是用自己心有所屬這個理由回絕，順勢說了這件事。

「那你要我怎麼辦呢？跟他說『其實我也喜歡你，現在開始也不遲，把女朋友的位置讓給我吧』？」

「這……」

「沒關係啦。誰教我不趕快把握機會跟他告白，這是自作自受。」

大谷看著窗外繼續說道：

「是我自己一廂情願。以為結城這種只知道拚命的木頭人應該沒機會交到女朋友，以為他至少在考上醫學系之前對這方面沒有興趣。實際上除了我以外，他在學校裡幾乎不會跟女孩子說話。別說女孩子，他也只會跟你這個男孩子聊天而已。」

大谷「呼」地嘆了一口氣。

「而且這份孽緣會持續下去，有一天就會自然演變成『因為妳一直在我身邊，不如就來交往吧』，回過神來就已經進展到約會、牽手、接吻，未來還會共組家庭。我私自認為我們會依循這個流程走，自然而然地走到最後一步。」

「居然能用這麼明確的字句描述自己的思春期少女妄想，真是服了妳。」

藤井表情有些僵硬地這麼說。

「簡單來說，就只是我用這種方式逃避的時候，有其他人抓住了機會而已。不過，好像是那傢伙主動告白的，這讓我有點不爽。」

說完，大谷聳聳肩。

見大谷態度如此，藤井問道：

「翔子……妳不傷心嗎？」

「雖然是第一次嘗到失戀的滋味，但我好像沒什麼少女心，不會為這種小事茶不思飯不想。」

「是嗎？翔子，妳真堅強。」

「應該是遲鈍吧。」

沒錯。

自己無法對某件事投注熱情。

如果能對某人難以自拔，就像結城現在重視女朋友的態度那樣，心情一定會加倍難受吧。

但自己對這份持續了一年之久的初戀，似乎還是無法投入如此強烈的執著。

「也對，只要妳不難過就好。」

看到大谷平靜無波的反應，藤井這麼說。

「但我還是覺得有點可疑。」

「可疑？」

藤井這句話讓大谷皺起眉間。

「因為他們不是認識當天就決定要交往嗎？結城的長相確實不差，但忽然被人告白就說ＯＫ的女孩子，感覺怪怪的吧？」

「啊～聽你這麼一說，確實不太尋常。」

大谷本身就對結城有好感，如果被結城告白，自然會馬上同意。但假如在第一次見面就被結城告白，就不是這麼一回事了。

「不過我在認識當天跟別人告白，對方通常都會同意啦。」

「原來如此，你想炫耀是吧？立刻從我的眼前消失。」

「現在我心裡只有翔子唷。」

說完，藤井還拋了個媚眼。

「現在馬上死在我面前，最好是死無全屍。」

現實生活中顏值超高的男性，真是讓人惱火的生物——大谷打從心底這麼想。

「但你說得確實有道理……我們可能要稍微觀察一下。那個男人個性太好了，應該很容易上當受騙。」

「是啊。而且感覺結城重情重義，萬一遇到壞女人，我們也要想辦法說服他分手……嗯？」

這時，藤井像是忽然想起什麼似地拍了下手。

「啊，沒有沒有，當我沒說。會選擇結城的女孩子應該超級可愛，個性又好，他們一定會相親相愛，到死之前都過著甜甜蜜蜜的生活。嗯，絕對沒錯。所以翔子，妳還是對結城死心跟我交……」

大谷拿起自己的室內鞋往藤井頭上狠狠一敲，發出「啪咚」一聲。

「小心我揍你喔，垃圾。」

「……妳已經揍了好嗎？」

◇

好女人，壞女人。

兩者的定義或許因人而異，但大谷認為「讓交往對象陷入不幸」，應該就可以歸類在壞女人的範疇了（男人當然也是同理）。

至少大谷就知道一個這樣的女人，也知道和她扯上關係後墜入不幸深淵的人。

所以在藤井提出質疑之前，她就對結城的女朋友起過疑心。這個女人居然隨隨便便就跟初次見面的男人交往。

自己的初戀雖然無疾而終，但對交友不算廣泛的大谷來說，結城依然是值得珍惜的朋友。

該擔心時還是會擔心。

所以，她本想不著痕跡地從結城口中打聽出名叫「初白」的這名女友到底是什麼樣的人。

「哎呀，妳看這個便當！是女朋友幫我做的耶！」

她本來是這麼想的，結城卻老是主動發起話題。

「我女朋友全世界最可愛！」

而且還是每天。

「我女朋友啊～」

不停地重複。

「我女朋友——」

再重複。

「女朋友——」

……天啊，這傢伙煩死人了。

大谷雖然惱怒地心想「我可是剛失戀的可憐少女耶，你這渾蛋」，但她沒有對結城表達過自己的好意，所以未免不合情理。

就算撇除這一點，還是讓大谷覺得鬱悶難消。

別把那個超級無敵健康的手作便當拿給我看，我已經知道你女朋友廚藝很好了，給我閉上嘴乖乖吃飯。

再說，她和這個男人在兩個月前的午休時間才聊過這件事。

「吶，你每天都只吃兩個超商飯糰跟一瓶茶，一點變化也沒有，不會膩喔？」

「吃飯只是要補充營養而已啊？我才不在乎有沒有變化。」

他還信誓旦旦地說出這種清心寡慾的話。

當時看待食物的哲學跑到哪裡去了？

結城每吃一口女友親手做的便當，就不停嚷嚷著好吃好吃。從他憨呆至極的臉上，已經完全看不出過去的影子了。

（已經對女朋友百依百順了嘛。）

大谷看著結城這麼想。

她不禁感嘆：原來一個人可以喜歡某人到這種程度。

至於最重要的那位女朋友，若只看結城的態度，應該沒什麼大問題。不對，她的表現反而給人「相當乖巧」的感覺。

她現在似乎和結城住在一起，但結城和她同居後，身心狀態都改善了不少。看來她至少不是會對男友施加壓力，只會扯後腿的那種女孩子。

（……所以才讓人更好奇啊。）

高等詐欺師在對方上鉤之前，都會將個性和人格塑造得比常人更加優秀。從結城的描述來看，初白小鳥這名少女實在太過乖巧了。

所以大谷才起了疑心，懷疑她是不是另有隱情，才故意裝出這種形象。

（有機會的話，還是想親眼確認看看。）

結城對她這麼死心塌地，如果她真的是個本性極惡的女人，結城應該會大受打擊吧。

大谷這麼想，卻沒料到這個機會比想像中來得還要早。

◇

「沒想到會被那傢伙邀到家裡作客。」

這天放學回家後，大谷放下書包，拿了外出包前往結城家。

結城說自己的女朋友實在太不諳世事，希望大谷當她的同齡女性好友，教她一些常識。

聽說初白這名少女小她一歲，正值青春年華，卻完全不化妝，沒有自己的手機，還只有一套制服和學校指定的運動服可以換穿而已，而且對此沒有任何怨言。

……大谷心想：感覺越來越可疑了。

這種設定根本只會出現在戀愛喜劇的清純女角身上吧。

就算退一百步來說，她是受家庭因素影響才會對時尚和持有手機這些事毫無興趣，「完全不化妝的超級美少女」這一點還是太誇張了。

認真保養和不認真保養的區別相當明顯。

底子好不好當然也有一定程度的影響，但每個外表可愛的女孩子，都是靠每天努力保養換來的。

身為正值花樣年華的十七歲少女，跟平常人一樣注重保養的大谷都忍不住想吐槽：哪有這種「不經訓練就能在十秒五以內跑完百米衝刺」的人啊。

但她畢竟只聽了結城的片面之詞，搞不好只是他的男友濾鏡太重了……總而言之，大谷還是覺得可疑。

情況或許是那樣吧。那個女人可能看結城對女孩子一竅不通，明明畫著偽素顏的妝容，卻天天把「人家都不化妝啦～呀哈♡」這種鬼話掛在嘴邊。

大谷可以篤定地說：結城一定會相信這種謊言。

畢竟這個同學以前就是對女孩子沒興趣&免疫到這種程度。

大谷邊走邊想著這些事，不知不覺就抵達了結城居住的公寓。

「嗨，大谷。」

結城已經在玄關前等她了。

「這麼說來，我還是第一次進去你家耶。雖然只有拿螢幕的時候來過一次。」

「這倒是。」

「好啦，終於要跟讓我成天聽到煩的初白小姐見面了啊。都是你開口閉口一直誇她可愛，害我也開始在意起來。」

大谷早就對還沒見過的結城女友充滿疑心了。

如果是個不三不四的女人，就在結城面前扯下她的假面具吧。嗯，就這麼辦。

「哼，我說的是實話啊……初白就是世界第一可愛。」

「打擾了～」

由於結城又要長篇大論地瘋狂放閃，大谷決定立刻進門。

「聽我說話啊！」

大谷忽視旁邊那個囉嗦的傢伙，直接走進玄關。

隨後便聽見一陣節奏輕快可愛的腳步聲。

緊接著現身的——

「你、你回來啦，結城。」

是一名完全素顏，長髮烏黑亮麗的超級清純美少女。

（……上帝啊。）

大谷不是基督教徒，卻忍不住向神禱告起來。

眼前這個天然素材，簡直是鬼斧神工的精緻之作。

這豈止是十秒五內跑完百米衝刺的程度，應該是九秒內，足以挑戰世界紀錄的等級。

尤其是那吹彈可破的光滑肌膚，氣色健康無比，美得幾乎毫無瑕疵。

這種生物真的可以存在在世界上嗎？

「啊，我回來了。呃～跟妳介紹一下，她是跟我同班的大谷翔子。」

結城開口介紹大谷後。

「好、好的。幸會……我是……初白、小鳥……」

她毫無自信地用越來越微弱的聲音這麼說。

連這種怯弱的氣質都跟她的外表極其搭調，讓同為女性的大谷看了都忍不住覺得可愛。

「……」

「喂，妳怎麼了？」

……這個ＳＳＳ級的女孩子，居然是這個戀愛白痴的女朋友？

這個世界到底怎麼了？

超乎想像的衝擊讓大谷啞口無言地愣在原地，甚至還被結城出言關切。

◇

做完自我介紹後，大谷姑且先走進起居室。

不過，結城的房間還是一如往常的極簡風格。

房內真的只有最低限度的生活必備品，跟大谷上次來的時候一模一樣。

大谷想著這些事，並在房裡唯一一張桌前坐下後。

「大谷，請喝茶。」

和結城同居的女友——初白用托盤端了三人份的熱茶過來。

「哎呀，妳很機靈呢，真是個好女友。」

而且她端茶和將茶杯放上桌子的動作，全都優美得不得了。大谷自己的舉止比較粗魯，所以用感佩的目光盯著看。

當結城開口對她極力誇獎後。

「對吧！初白真的是個很棒的女朋友。勤勉、機靈，廚藝又一流。」

「……唔！」

初白就變得滿臉通紅，害臊地用手上的托盤擋住自己的臉。

……這個可愛的生物是怎麼回事？

一舉一動都充滿了女孩的甜美氣息，而且在大谷眼中，也沒有一絲刻意做作的模樣。

大谷承認自己的疑心病很重。

經常會懷疑別人的行為背後潛藏不軌意圖，是個相當難搞的人。

所以在這麼短的時間內她就看出來了。初白這名少女表裡如一，簡直讓人不可置信。

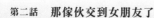

「……要跟別人炫耀女朋友是無所謂啦，但被你大力稱讚的女朋友已經面紅耳赤了喔。」

聽大谷這麼說，結城才終於發現初白的臉漲得通紅。

「抱歉抱歉，初白。我就是忍不住想炫耀。」

結城說話時，臉頰也帶著些許紅暈。

「……結城，你真討厭……」

初白的臉又紅了幾分，還不停拍打結城的背。

嘴上這麼說，嗓音卻滿溢了藏不住的喜悅。

「……」←不發一語，但不時偷看初白的結城。

「……」←每次和結城對上視線，就會害羞將臉別開的初白。

（……這對笨蛋情侶是在演哪齣？）

大谷再次啞口無言。

她已經知道初白是個無可挑剔的美少女，還能感受到初白不僅臉蛋可愛，連個性都相當純樸體貼。

也覺得結城會選擇初白是無可厚非。

但他們居然甜蜜到這種地步。

先不論初白，之前看到對號稱全校第一美女的現任學生會長興奮無比的男學生時——

『這群人太閒了吧。』

結城斬釘截鐵地這麼說，還一臉認真地繼續寫參考書。

大谷不禁想上前逼問：當時那個結城跑到哪裡去了？

◇

隨後，大谷、結城和初白三人來到位於稍遠處的購物商場。

此行的目的是為了替初白添購新衣，畢竟她現在只有一套制服和學校指定的運動服而已。

「……但剛才從結城家出來的時候，真的嚇了我一跳耶。」

大谷想起剛才的事，喃喃自語道。

進結城家做完自我介紹後，大谷和初白聊了一會兒。

她發現初白確實沒打什麼壞主意，而且從小就沒吃過垃圾食物。

沒吃過垃圾食物這件事已經讓大谷夠驚訝了，但最讓她震驚的是之後發生的事。

他們聊了一陣，決定該出門替初白添購新衣。

沒想到初白正要踏出玄關時，居然當場暈眩，差點摔倒在地。

據結城所說，初白只要想走出家門，就會變得很不舒服。

大谷頓時心想「怎麼會有這種漫畫或色〇遊戲裡的病弱系角色設定啊」，然而初白的臉色真的很差，怎麼看都不像是裝出來的。

最後，結城握住初白的手，初白才鼓起勇氣成功走出家門，但大谷還是大受震撼。

（……世上居然真的有這種人。）

這麼說並非自誇，但大谷翔子這個人，只是個一生平凡的日本女高中生。

所以她只在動漫或遊戲世界裡看過這種「算不上正常」的人。

雖然父親的職業也不算平凡，但至少在同年代的人當中從沒見過。

走進商場的服飾店後，初白的表現依舊很不尋常。

「初白，妳喜歡什麼風格的衣服？」

即使大谷拋出這個問題。

「這個嘛……」

初白也只會一臉為難地四處張望。

她好像真的沒來過這種地方，也沒想過自己想穿哪種衣服吧。

這種反應讓大谷覺得很不正常。

「喔齁～咿呀～」

從剛才就一直發出莫名其妙的狀聲詞，嘖嘖稱奇地在店內到處參觀的青春黑白男子也就算了，初白可是正值花樣年華的女高中生啊。

到底要經歷過什麼樣的生活，才會變成這種人啊？大谷實在無法想像。

先不論這件事。

雖然想幫初白和結城挑選衣服，但他們對這方面實在太不講究了，感覺永遠都沒辦法定案。

「毫無進展啊……吶，初白，機會難得，可以讓我來選嗎？」

「咦？啊，當然，只要不會給妳添麻煩……」

「哪裡麻煩啊？幫初白這種正妹選衣服其實很有趣耶。」

而且這還是她第一次嘗試服裝穿搭，感覺真的會是相當有趣的工作。

「那、那就、拜託妳了……」

「好耶～我等不及了！」

大谷在店內到處物色，拿了好幾件不錯的衣服。

「這件、這件、這件應該也不錯。」

「……要、要買這麼多嗎？」

「喂喂，大谷，雖然我努力一點還是買得起，但今天頂多買兩套就好了吧。」

「呃，當然是為了試穿才拿的啊。」

聽大谷這麼說，初白和結城才說了句：「原來如此～」恍然大悟地拍了拍手。

……照這樣看來，他們或許是個性相像的超登對情侶吧。

不過，連買衣服時要挑幾件不錯的款式試穿這種理所當然的流程都不曉得，可見他們是真的沒有興趣。

「啊，結城，麻煩你先去其他地方晃晃。」

「咦？為什麼？」

「為了驚喜啦，驚喜。要讓你見識一下我幫初白精心搭配後的成果，瞧瞧你大驚失色的樣子，你就拭目以待吧。」

「原、原來如此。感覺應該滿有趣的。」

「而且你在這裡只會礙事。」

「說得太狠了吧喂！」

說是這麼說，結城還是從口袋裡拿出一本小小的參考書，急忙走出女裝品牌店。

「……都來這種地方了，那傢伙居然還要看書喔？」

大谷傻眼地這麼說。

「很像結城會做的事。」

初白用手掩著嘴，露出可愛的笑容。

這個女孩還是老樣子，隨便一個動作都這麼可愛。

「好了……」

大谷轉頭看向初白。

這下子終於能和初白獨處了。

剛剛在結城家裡時，雖然也和她單獨聊了一會兒，卻也僅止於結城去應付報紙推銷員這段時間而已，也不知道他什麼時候會回來。

其實大谷是為了測試某件事，一直在等待真的只有兩人能單獨聊天的時機。

那件事就是……

「對了，初白。」

大谷來回看著初白和店內展示的服裝說道：

「這樣一看，我覺得妳確實非常可愛耶。同為女人的我都忍不住嫉妒了。」

「真、真的嗎？」

「真的真的。不但肌膚光滑，身材好，長得又漂亮，簡直就是完美的化身。」

「被人讚美到這種地步，實在不敢當……但也很感謝妳。」

「結城那傢伙根本配不上妳嘛。」

「沒、沒這回事。」

「哎呀，真的啦。妳看，那傢伙剛才也是這樣，滿腦子只想著唸書吧？」

好戲就要開始了。

大谷自己也覺得不太舒服，但既然要做，就要徹底執行。

「他平常也說不出動聽的甜言蜜語吧？不但遲鈍，神經大條，長相也比不上初白。我敢保證，初白的資質比他好太多了～」

說完，大谷偷偷瞥了初白一眼，等待她接下來的反應。

沒錯，這就是大谷想測試的事情。

趁男朋友不在場時，極力吹捧女朋友的優點，將男朋友貶得一文不值。隨後再補上一句：「那種人根本不適合妳～」

根據大谷的經驗，假如是心懷不軌的壞女人，此時一定會露出本性。

如果暗自覺得男友比不上自己，只把他當成「工具人」或「錢包」的話，待會兒就會滔滔不絕地說出鄙視男友，或強調自己是何等尊貴的女人這種話。

（……這種做法有點卑鄙就是了。）

跟初白聊到現在，大谷也幾乎篤定這個女孩不是壞人了。

但還是要以防萬一……沒錯，如果真有萬一，大谷就要看到結城痛苦的模樣了，就像過去的那個人一樣。

唯獨這一點她想極力避免。

至於最關鍵的初白的反應——

「……」

初白沉默了一會兒，看著大谷的雙眼眨了幾下……

隨後——

「……大谷，這些話是認真的嗎？」

剛才因為久違外出，有些不安且茫然的表情，竟變得越來越凝重。

「結城是我根本高攀不上的人。他確實有點遲鈍，也不懂女孩子的心情，但他有一顆真摯又溫柔的心。就是因為自己不懂，才會認真去理解對方的想法。而且他熱衷於學業和工作的態度，我也覺得很帥氣。儘管忙得不可開交，還是願意擠出一點時間陪伴我……還有，我就喜歡結城這種長相。」

初白的語氣果斷又堅定，完全不是先前那種帶著膽怯和顫抖的嗓音。

「大谷是結城的朋友吧？為什麼要為了吹捧我，故意說出貶低結城的話呢？即使聽到這種讚美，我也不覺得開心。」

初白看著大谷的雙眼，斬釘截鐵地說。

「聽到別人當著我的面說男朋友的壞話，我怎麼可能默默陪笑呢？我的個性並沒有好到

這種地步。」

「……」

大谷不禁陷入沉默。

若不是平常就有這些想法，根本沒辦法像這樣滔滔不絕地稱讚男友。而且她不僅知道大谷是為了吹捧自己才會這麼說，還能對大谷說男友壞話這件事怒不可遏。

再怎麼說，這都不是男友不在場時還能臨時裝出的態度。

而且說話期間，初白一直緊盯的大谷看。但她原本的眼神實在太溫柔了，就算瞪人也沒什麼殺傷力。

（……這女孩是怎樣？）

大谷打從心底這麼想。

她真的……是個好女孩啊。

仔細一看，大谷發現初白緊握的手還微微顫抖。看來她不擅長用這麼強硬的態度跟別人說話，與她和善的外表如出一轍。

儘管如此，為了最愛的男朋友，她還是像這樣宣洩出自己的怒氣了。

「……呵呵呵。」

「大、大谷，妳在笑什麼，我現在很認真——」

「真的很抱歉，初白！」

說完，大谷深深低下頭鞠躬道歉。

「咦？」

初白嚇得猛眨眼睛。

「其實我是想測試妳的本性，真對不起，用了這麼卑鄙的方法。」

「總、總之先把頭抬起來吧，大谷。」

大谷忽然在店裡深深一鞠躬，彷彿要把臉貼到地上似的，此舉也引來了眾人的目光。

大谷對初白坦承了一切。

被第一次見面的男人提出交往要求就欣然接受的女人，感覺就不是什麼好貨色，不值得信任。

所以大谷才故意把結城貶得一文不值。

「真的很對不起。抱歉，讓妳覺得不舒服。」

大谷再次致上歉意，這次鞠躬的角度沒有先前那麼顯眼了。

「……不，那個，我覺得妳的憂心非常合理。」

明白大谷的心情後，初白反而羞愧起來。

「仔細想想，妳說得沒錯，我確實是答應跟初次見面的男人交往，當天還展開同居生活的女人。妳當然會懷疑我這個人很危險。」

初白有些愧疚地發出「啊哈哈」的苦笑聲。

「不過，我也慶幸結城身邊有大谷這種人。」

「是嗎？」

「結城雖然值得依靠，卻有點太拚命了，所以我很擔心。」

「啊～這倒是。」

「所以，幸好他身邊有像大谷這樣打從心底為他擔憂的人。」

「……畢竟是高一就認識的冤家嘛。」

說出這句話的當下，大谷心想：啊，這麼說來，我認識結城的時間也才一年多而已。再說，大谷是在認識結城一個多月後才發現自己喜歡上他，或許根本沒有立場對初白說三道四。

「……那妳覺得怎麼樣呢，大谷？」

初白用有些不安的眼神看了過來。

「什麼怎麼樣？」

「呃，那個……從好朋友的角度來看，我夠不夠格當結城的女朋友呢？」

「啊，妳想問這個啊？」

大谷豎起大拇指說：

「當然沒問題啊。我反而覺得妳是國寶級的好女孩耶。」

「咦？謝、謝謝妳的讚美。呃，妳真的太抬舉我了……」

雖然初白本人謙虛地這麼說，還害羞忸怩地揉捏著雙手，但大谷這句話是發自真心的。

「初白，妳是會欣然接受別人的好意，也會直接回以善意的人吧。」

「是嗎？」

初白歪著頭，似乎不太清楚大谷在稱讚自己哪一點。

這個動作也可愛極了，大谷不禁伸手摸摸她的頭。

（因為我的個性很不坦率，才喜歡這種直來直往的人嘛……）

結城也是這種人，所以自己才會喜歡上他。

「妳真的好可愛，真想要這種妹妹……好啦。」

說完，大谷將手從初白頭上移開，接著說道：

「重新開始選衣服吧，要讓結城那小子嚇到腿軟才行。先拿這件、這件、這件和這件。去試穿吧。」

大谷邊說邊將手上各式各樣的衣服拿給初白。

「請、請妳手下留情……」

◇

「啊～可惡，眼睛這邊的線條不夠俐落啊。」

離開商場後，大谷來到住家附近的咖啡廳，畫起同人漫畫的草稿。

「……呼。」

因為注意力中斷了，大谷便伸伸懶腰，做了個深呼吸。

替初白選完衣服，又強迫同樣只有制服和運動服的結城買幾件像樣的服裝後，大谷就丟下他們先行離開商場了。

現在他們應該在享受約會的甜蜜時光吧。

（……雖然不知道結城那傢伙能不能順利引導，但不管做什麼，初白應該都會很開心吧。）

「啊，對了。」

大谷打開手機，傳了一則訊息給國中同學。

對方也就讀初白那套制服的貴族女校，是高中才插班入學的。由於身邊全是有錢人，每個人都理所當然地使用名牌商品，讓朋友深深體會到自己真的是低人一等的庶民。

『你們學校有沒有姓初白的學生？應該是一年級。』

傳出訊息後大谷又等了一會兒，但對方沒有回應，於是她先把手機收回口袋，準備再次提筆作畫。

就在此時。

有人從後方戳了戳她的肩膀。

搞什麼，我好不容易才要重新找回注意力耶。

大谷有些煩躁地回頭一看。

「嗨，翔子～」

只見藤井亮太帶著一臉爽朗無比的笑容，朝她拋了個媚眼。

不是有點煩人，是看了就想抓狂的程度。

那張俊美至極又帶著輕佻微笑的臉，還是一樣讓人火大。

「哎呀，是廁所的蒼蠅啊，找我有事嗎？」

「說得太狠了吧！」

嘴上這麼說，藤井卻還是理所當然地坐在大谷面前。

「誰讓你坐下來的？」

「硬要說的話……或許是命運吧？」

藤井一臉得意地說。

「……」

噗嘶～

大谷默默從包包裡拿出消毒噴霧，對著藤井噴射。

「哇！等、等一下，妳在幹嘛！」

「髒東西就該徹底消毒。」

藤井用手撥開消毒噴霧後說道：

「呼～我們翔子還是這麼嗆辣。」

「……所以你找我有什麼事？」

大谷開始在草稿紙上作畫，並開口問道。

「就算沒什麼事，我也想跟翔子聊聊天呀。但真要說的話……」

藤井看著菜單說：

「……我剛才在那間商場遇到結城，跟他的女朋友初白了。」

「是嗎……那還真巧。」

大谷雖然跟藤井說過今天要跟結城女友見面，但沒說要去幫她買衣服這件事，所以藤井真的是碰巧去了同一間商場。

「不過，初白真的是個好女孩耶。」

藤井看著商場所在的方向這麼說。

「是啊，我也覺得。」

大谷也深表同意地點點頭。

「本來故意想挑點毛病，但真的沒辦法。」

大谷也知道自己的疑心病很重，所以才不得不承認這一點。

初白的確是天使等級的超級好女孩。

「不但心地善良，個性溫婉可愛，長相也是無可挑剔的美少女……現實世界裡居然真的有這麼好的人。」

「還真是讚譽有加耶，但我也有同感啦。」

「……拜此所賜，我反而釋懷多了。」

「釋懷？」

「對啊。雖然純粹是我毫無作為才會自食惡果，但從形式上來說，初白算是把我的初戀搶走的人吧？」

「是啊。」

「如果對方是個無足輕重的笨女人，我可能還會有點氣憤。但既然是這麼完美的女孩子，我也只能死心了。況且我自己也很喜歡初白。輸了輸了，輸得一塌糊塗。」

大谷聳聳肩如此說道。

「……這樣啊。」

藤井輕輕點頭，看著大谷沉默了一會兒。

「嗯，我覺得她一定會讓我朋友幸福。她就是這麼棒的女孩子。」

「是吧。希望他們能幸福一輩子。」

不過，要是連那兩個人都因故分手的話，大谷覺得自己都要不相信愛情了。

「……但翔子才是我的女神啦！啾♡」

藤井這麼說，還拋了個飛吻。

「所以我們要不要也幸福一輩子呀？」

「是是是，好好笑喔。」

「妳最近拒絕我的方式變得很隨便耶！」

和初白見面後，又過了一段時間。

大谷像平常一樣，有些心不在焉地上著數學課。

國中時期她的數學成績還沒這麼差，升上高中後卻變得完全聽不懂了。

莫名其妙的圖表，還有硬加上英文的記號，都讓大谷不禁想抱怨：拜託行行好，能不能只用數字排列啊？

對大谷來說，上課內容根本就像毫無意義的外文咒語，坐在前面的結城卻在認真聽講。

她看著結城的背影，腦中想著結城和初白的事。

（……現在已經不必擔心結城了。）

大谷覺得初白是個相當完美的女友。對這個太過老實、讓人放不下心的男人來說，女友反而可以起到不錯的阻擋作用吧。

她反而更擔心初白。

（……她試穿衣服時的那些傷口，真的嚇到我了。）

就是上次在商場發生的事。

初白輕而易舉地通過大谷的卑劣測試後，兩人就開始挑選初白的衣服。大谷要把衣服拿給人在試衣間的初白時，卻不小心看見了。

平常藏在衣服底下的那些地方，居然有明顯的傷痕。

那些傷痕顯然不是源於運動或意外，而是被他人帶著惡意毆打無數次造成的，傷痕遍布各處。

大谷對那些傷痕沒有過問太多。

但因為對她和結城相遇的契機有些好奇，一問之下，才發現她居然是在準備跳樓輕生時被結城救下來的。

平常的大谷應該會回答：「這是什麼色情漫畫的劇情嗎？」

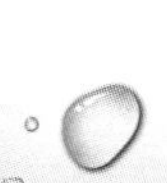

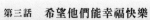

可是她剛剛才親眼目睹那麼驚悚的傷痕，也知道初白光是要外出就會渾身不適，又害怕面對人群。恐怕情況真是如此吧。

（她到底是怎麼活過來的啊……）

像大谷這種平凡的人，實在無法想像足以將人逼上自殺一途的痛苦。

話雖如此，她猜測初白在學校可能遭受霸凌。畢竟初白個性如此，應該很難跟同學好好交流。在貴族女校這種封閉的空間，霸凌機率也會逐步上升吧。

所以她請國中同學幫忙調查初白的狀況。

因為初白是個非常率真的好女孩。

如果能為初白做點什麼，大谷很想助她一臂之力。

「……還沒有消息啊。」

大谷偷偷拿出手機，在通訊Ａｐｐ中點開朋友的頭像。

對話仍停留在對方說的那一句『知道了，我會調查看看』。

◇

於是。

雖然尚未收到朋友的回覆，過了一段時間後，結城和初白之間卻發生了些許變化。

該說這個變化是原本就能設想到的嗎？結城還是學生，又要靠學業成績維持目前的生活，自然會出現這種問題。

也就是段考將近的問題。

「呼……」

上午最後一堂課結束後，結城立刻靠在椅背上長嘆一口氣。

最近結城只要一到午休時間，就會立刻大喊：「好耶！來吃初白做的便當！」用幾乎要發出衝擊波的氣勢迅速打開桌上的便當，今天卻失去了這種氣魄。

「這聲嘆息聽起來超沒精神耶。」

「對啊，這陣子我都沒睡飽。」

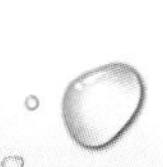

結城這麼說，並慢吞吞地打開便當。

「我之前不是叫你要睡飽一點嗎？」

「……話是沒錯啦，但快要考試了，我還是想拚一點嘛。一想到錢的問題，就覺得千萬不能失去優待生的資格。」

「也是啦。」

身為優待生，結城不但學費全免，房租也由校方資助。成為最高等級優待生的條件，就是每次段考成績都要保持在前五名。

考量到結城的經濟狀況，只要失去一次資格，就會演變成攸關生死的重大事件。

「而且我平常都會先預習後面的進度嘛。」

「啊，原來如此。」

為了替大學學測預作準備，結城總會超前進度預習，但考試範圍自然是現在高二剛學到的部分。

結城雖然會因為考試將近專心聽講，平常卻幾乎不會聽課，只是默默地解著自己買來的高三題庫。

雖然他會用這種方式超前學習，但碰到學校考試，還是會有幾個地方需要重新複習吧。

「認真是好事啦，不過……」

沒錯，以往結城在考試前都會變成這個樣子。

可是這一次……

「你還能撥出時間和初白相處嗎？」

「……啊～嗯，確實變少了。」

說完，結城搔搔頭髮。

「我想也是。你每次考試前都會窩在自習室裡，等到全校學生都走光了才離開嘛。」

「是啊。好想趕快回到跟小鳥溫存的時光喔～小鳥好像也覺得有點寂寞。」

結城托著腮幫子這麼說。

「……不過，她居然會因為跟我相處的時間變少而消沉沮喪，其實我滿高興的。」

「明明無精打采還堅持要放閃，真是讓我甘拜下風。」

大谷像平常一樣吃著福利社買來的麵包這麼說。

◇

「……初白她沒事吧？」

放學後。

大谷獨自走在夕陽西斜的回家路上。

中午聽結城說，最近他回家的時間變得很晚，回到家後似乎就只能吃飯睡覺了。

一整天下來，可能真的只剩幾小時能好好說話吧。

初白是個好女孩。

而且是大谷從來沒見過的那種好女孩。

（……所以我才擔心啊。）

初白是真心喜歡結城，把他當成心靈的支柱。

雖然還不知道她的過去，但懷著如此痛苦的過往，甚至想一了百了的那個女孩，現在卻能笑得那麼燦爛，想必就是有結城陪在她身邊吧。

所以和結城相處的時間減少後，她一定會非常惶恐不安。

「我回來了。」

想著想著，不知不覺就走到自家玄關口了。

「啊，妳回來啦。」

走進家門進入客廳後，大谷看到優太正在自己泡咖啡。

「喔？真難得耶，爸，這個時間你居然在客廳。」

尤其今天又是截稿前一天，平常他應該會廢寢忘食地窩在房裡才對。

「嗯，其實這次的原稿我提早畫完了，真是久違了。」

優太平常的表情雖然溫和，卻總是有些緊繃，但現在看起來非常開朗。

「你真的很久沒這麼早完稿了……咦，到底是隔了多久啊？」

「我想想，上一次是跟則子去蜜月旅行的時候，我有勉強把稿子趕完，所以是……兩年

左右？」

「那真的隔很久耶。」

大谷有些無奈地嘆了口氣。

少年少女都曾經心懷憧憬的知名漫畫家，其實是這麼辛苦的職業。不對，應該是優太畫稿太慢了吧。

「所以我難得有一天的假期，後天我們要不要跟則子一起出去走走？」

「可以啊，我沒什麼安排。要去哪裡？」

「我想去那裡耶。喏，就是妳上國中後就沒去過的那個遊樂園，呃，叫什麼來著？」

優太說出這句話後，大谷的眉毛就抽了一下。

「……曉中央公園。」

「對對對，就是那個。妳這麼久沒去了，居然還記得啊。」

「怎麼可能……」

怎麼可能不記得啊。

因為以前經常跟優太和那傢伙一起去啊。

那個可惡的女人……

「我不去……」

「咦，為什麼？妳以前不是很愛去嗎？啊，現在可能會覺得有點幼稚吧。」

「爸，我才想問你為什麼想去呢。以前跟那傢伙常去的地方……」

大谷緊握著手這麼說。

「翔子……」

優太似乎聽出了大谷的言下之意，臉上帶了點歉疚。

「我要回房間了。恭喜你完稿，辛苦了。」

說完，大谷就加快腳步走出客廳。

走上樓梯，回到自己房間後，大谷狠狠甩上門，往書桌前的椅子用力一坐。

「……哎，想起不好的回憶了。」

說完，她深深嘆了一口氣。

「還對爸爸這麼失禮。」

待會兒得好好道歉，跟他說如果是其他地方自己就願意去。

啊，這樣不太好。

只要談到那個女人，就會變得感情用事。

「就是因為這樣，我才會這麼擔心初白吧。」

初白是個超級好女孩。

而且是真心喜歡結城，把他當成心靈的支柱。

經歷過如此辛酸的過往，甚至想要了結生命的那個女孩，之所以能笑得那麼開心，一定是因為有結城陪在她身邊吧。

所以和結城相處的時間減少後，她一定會非常惶恐不安。

如果……

假設……

那份寂寞超出了負荷……

——來說——是最重要的。

「……嘖！」

忽然想起那個女人的話，讓大谷氣得往牆壁一踢。

「……我明明知道初白不是那種人啊。」

大谷說的「那個女人」，就是她的母親。

不是爸爸現在的妻子則子。

而是生下大谷翔子，和她有血緣關係的親生母親。

◇

『對女人來說，愛情是最重要的。翔子，妳是我的女兒，遲早也會明白這件事。』

我也是迫於無奈，所以要原諒我唷。

這就是大谷翔子的母親留下的最後一句話。

那個渾蛋拋下自己和父親，跟比她小十五歲的外遇男跑了。她就是會搬出這種荒謬的理由，打從心底覺得自己沒錯的那種女人。

老實說，雖然大谷當時才小學五年級，但她記得自己的感想是「這個女人真的只替自己著想耶」。

在多場離婚訴訟中，她還聲淚俱下地解釋外遇理由是「老公滿腦子只有工作，根本不愛我」。但父親跟她交往的時候就已經是漫畫家，天天被工作追著跑，她應該早就發現這個問題了吧。

儘管工作忙碌，但父親只要有時間，還是會帶她跟母親去買東西。

而且這個女人只要自己有空，就會丟下大谷，用丈夫辛苦賺的錢到處玩樂。明明她碰到男人都會主動勾引，離婚時居然能把責任推得一乾二淨，也算是令人驚豔了。

不僅如此，她還開出索取鉅額賠償金的條件，將女兒的扶養權讓給父親，所作所為讓人啞口無言。

這種令人作嘔的女人，最後留給自己的就是這句話。

實在荒唐得可笑。

和母親鬧離婚後，父親的沮喪程度簡直不忍卒睹。

光是想到自己跟那種人渣有血緣關係，就覺得反胃想吐。

對大谷來說，母親就是這種存在。

大谷打從心底唾棄自己的母親，也覺得她說的每一句話都是自私又任性的詭辯之辭。

但假如要退一百步。

不，假如要退無量大數乘以無量大數這麼多步，指出那個女人話中的合理之處……

「老公滿腦子只有工作，讓我覺得很寂寞。」

大谷覺得或許真有此事。

父親確實耗費絕大多數的時間窩在家裡趕稿。在大谷的記憶當中，父親帶自己出去玩的次數甚至屈指可數（但還是比母親多了不少）。

其實大谷自己不明白這種感覺，但她發現一般女性被丈夫或男友冷落時，都會感到痛苦難耐。

結城和初白現在的關係，跟自己的父母非常類似。

結城全神貫注地準備考試，和初白相處的時間減少了很多。

大谷當然知道初白是個好女孩，和那個人渣根本沒得比，而且是真心喜歡結城。正因為有結城陪在身邊，哪怕懷著如此痛苦的過往，她還是能帶著笑容度過每一天。

所以和結城相處的時間減少後，她一定會非常惶恐不安。

如果那股不安和寂寞超出了臨界點。

那麼善良體貼的女孩，是否也會像自己的母親那樣一走了之呢？

這個離譜的假設，在大谷的腦海中揮之不去。

◇

——晚上七點。

大谷在被夜色籠罩的街道上隨意閒晃。

因為和優太聊天時想起了那個討厭的人，她決定到常去的書店逛逛，藉此排解情緒。

這種時候如果留在家裡滑手機找樂子，反而會變得更消沉。

所以大谷才刻意出門到實際店鋪走走，她覺得「逛書店」就算是宅宅的戶外消費行為了。

不過……

「……沒看到不錯的新書啊。」

偏偏在這種時候，卻沒有光看封面或書名就讓人心動好奇的新書。

當她一無所獲地隨意閒晃時，在某間超市前停下了腳步。

「啊，對了，消夜要吃的巧克力也剩不多了。」

大谷晚上畫漫畫時，經常會嘴饞吃消夜，但她也知道這就是變胖的罪魁禍首，所以到處尋找適合消夜解饞的零嘴。

最後她發現了可可含量七十％的巧克力。

和一般的巧克力不同，這種巧克力雖然降低了甜度，卻能滿足口腹之慾。因此大谷覺得

這是不錯的替代品，最近經常吃。

跟結城分享這件事後，他卻說：「但剩下的三十％還是有加糖吧？吃太多最後還是會變胖喔？」所以大谷狠狠踩了他一腳。

有時候忠言聽起來就是逆耳。

「……咦？」

走進超市後，大谷就看到一個熟悉的人影。

有著一頭柔順烏黑的長髮，讓人欣羨無比的那位少女，就是初白。

近距離看著她時，確實是個楚楚動人的美少女，但或許是因為她不注重打扮顯得有些俗氣，在人群中竟然不太顯眼。但這種真實不做作的感覺，也是她的魅力之一。

「她可以一個人出門了啊。」

上次見到她時，她得牽著結城的手才能勉強踏出室外。看樣子她已經可以像現在這樣獨自外出採購了。

「初……」

大谷正準備開口喊她，話說到一半卻停了下來。

為什麼會這樣？

大概是因為害怕吧。

如果現在找初白聊天，一定會聊到結城。

要是聊到結城時，初白像自己的母親一樣，對正忙著準備考試的結城充滿怨言，那該怎麼辦？

……正因為她已經對初白產生了信任感，才不想接受這種事。

但人生就是這麼不湊巧，偏偏在她浮現出這種想法時……

初白就發現她的存在，主動開口搭話了。

「啊，大谷，晚安。」

初白走向大谷後，看著她手上的袋子問道：

「妳喜歡吃巧克力呀？」

初白帶著十分放心的笑容這麼問。

她在初次見面的人面前會變得誠惶誠恐，所以能看到她露出這種笑容，就證明她對自己相當信任。

「嗯，對啊，我都把巧克力當消夜吃。初白，妳出來買晚餐啊？」

跟大谷不同，初白手上的購物籃中裝了各式各樣的食材。

「是啊。因為結城最近很晚才回家，這個時間開始做剛好來得及。」

「……這樣啊。」

果然還是聊到結城了。

大谷本想轉移話題盡速離開現場，沒想到……

「吶，初白，妳最近跟結城在一起的時間變少了吧？」

或許是無可救藥的天性使然，在這種時候，大谷翔子這個女人還是想將事實搞清楚。

「……對啊。」

初白用比剛才還要沒精神的嗓音這麼說。

「不會寂寞嗎？」

「那個……」

聽了大谷的疑問，初白露出有些困窘的表情。

「嗯，如果問我會不會寂寞，應該還是會吧。」

啊，果然沒錯。

大谷雖然這麼想……

「……但結城就是這樣啊。」

初白略顯驕傲地說。

「為了維持現在的生活和將來的夢想，結城不知該努力到什麼地步，但我知道他的苦衷，還是會繼續跟他交往。結城過去為此到底犧牲了多少，以我的能力也只能想像而已。」

初白又加了個但書。

「然而也正因為如此，我才希望那個笨拙又太過拚命的人能獲得幸福。我希望他的所有努力，都能結出幸福的果實。」

「初白……」

隨後，初白露出充滿憐愛之情的笑容說：

「而且，不覺得全力拚搏的男人很帥氣嗎？我想，應該沒有其他人值得讓我這麼支持了。」

「……」

那抹耀眼的溫柔笑靨，讓大谷好一陣子都只能默默看著。

（……啊。）

真希望這兩人能獲得幸福。

大谷打從心底這麼想。

因為她根本沒辦法從母親口中聽到這句話。

這個女孩完全明白結城是帶著什麼心思在努力，也知道他是因此才減少了和自己相處的時間。

不僅如此，她還總想著該怎麼做才能讓結城開心。

她一定把結城的幸福視為自己的快樂。

這已經超越了「戀愛」的等級，或許可以歸類在「愛」這個範疇了。

眼前這個和自己年齡相仿的少女，居然已經擁有這般無私的愛。

（……原來如此，軟弱的人是我才對。）

大谷重新審視自己並如此心想。

經歷母親的背叛後，自己就無法信任「愛」這種情感了。

所以她才總想解讀別人的內心。

因為她很害怕眼前這個人會不會背叛自己。

眼前這名少女卻沒有這種念頭。

如果想愛一個人，就會包容理解那個人的好壞，一心一意地愛著他。

她的心靈無比堅強，有辦法做到這種地步。

自己這種膽小鬼居然替如此堅強的人憂心忡忡，簡直大錯特錯。

「……妳太厲害了，初白。」

「什麼？」

「妳真的很厲害，我打從心底尊敬妳。」

「咦？啊，是，謝謝妳？」

初白有些困惑地低頭道謝，卻不知道大谷為何對自己如此盛讚。

◇

「……呼。」

等到天色已經完全變暗，大谷才回到家裡。

在那之後，她跟初白又聊了好一段時間。儘管只是閒話家常，但初白善於傾聽，所以聊起來相當愉快。

大谷深深覺得，她真的是個好女孩。

想著想著，她往亮著燈的客廳一看。

「啊～完蛋了，我一定是被翔子討厭了～」

就看到用手肘靠著桌面抱頭苦思，完全沒發現大谷本人正盯著自己看的優太。

「就教你別那麼沮喪了。翔子又不是會記恨的人。」

以及正在安慰他的現任妻子，則子。

「是嗎……可是我剛剛才畫完稿子，好幾天沒洗澡了，一定臭得要命。」

「她一定也習慣了啦。」

優太就像被老師責罵的小孩一樣無精打采，則子用溫柔的口氣不停安慰，還摸摸頭哄他開心。

「……」

大谷再次看著兩人的身影。

真是相親相愛。

優太有些孩子氣地向則子撒嬌，則子也露出拿他沒轍的笑容，接受他的任性。

自從父親再婚，則子住進家裡後，這一幕已經上演過無數次了。

在這樣的互動之中，因為前妻出軌的打擊消沉落魄的優太，終於漸漸重振了精神。

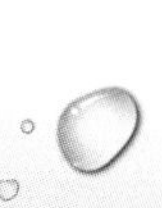

可是……

過去就算看到兩人和睦相處的模樣，大谷也無法完全信任則子。

不管看上去多麼恩愛、多麼深愛彼此，大谷還是擔心則子會像生下自己的母親一樣，背叛父親傷透他的心。

照理來說，看到眼前這一幕，應該就知道不會發生這種事了。

但大谷剛才在那名少女身上學到了一件事。

這個世界上，真的有人擁有「愛情」。

因為大谷已經明白這一點。

所以看著如此和睦的相處模式，大谷也能深刻體會到……

優太和則子之間，確實存在著愛情。

（……呼。在學校也要被結城放閃，回到家還得看爸媽打情罵俏。）

大谷心想：身邊怎麼一堆春心蕩漾的人啊。又想到另一個每天都跑來跟自己告白的男孩子，忍不住輕笑起來。

「……我回來了。」

「翔、翔子！」

「哎呀，妳回來啦。」

看到大谷忽然走進客廳，驚慌失措的優太嚇得差點從椅子上摔下來，則子並沒有特別驚訝，還是用一如往常的笑容迎接大谷。

「呃……關於後天的事，那個……該說是我思慮不周嗎……」

聽到優太語氣有些含糊地低聲喃喃。

「爸，剛才的事很抱歉。」

大谷單刀直入地這麼說，並低頭道歉。

「……咦？」

「你這麼久沒休假，想帶家人出去走走才開口邀我，我卻只因為心情不太好就凶你一頓，真的很抱歉。」

優太似乎覺得是自己有錯在先，本來想道歉，現在卻嚇得目瞪口呆。

「咦？啊，呃，我才該說對不起。該怎麼說呢，因為我認為那些事都過去了……但翔子似乎不這麼想吧……」

大谷再次心想：我爸真是個大好人。

遭受那麼殘酷的背叛，居然還能把那些事當成過去式處理乾淨。

「但我還是不想去那裡。如果能改去其他地方，我沒意見。」

「是、是嗎！好耶～那我們要去哪裡呢？」

優太「唔」地沉吟了一聲，似乎想不到什麼好點子。

這個時候。

「那要不要去爬山呢？」

聽到則子面帶微笑，雙手合十地提出意見後……

「咦～」

「咦～」

這對宅家父女異口同聲地發出牢騷。

「你們兩個怎麼這種反應啊？爬山很棒呀。」

則子鼓起臉頰這麼說。

「可以遠離平常的生活，在大自然中眺望美景悠然漫步。爬山當然很累，但在山頂上吃便當的感覺格外美味呢。」

則子補了句「而且呀」，看著兩人繼續說道：

「優太跟翔子平常的運動量根本不夠，如果連這種時候都不肯動一動，一定會生病的。」

被她這麼一說，大谷和優太也無可反駁。

幾乎都待在工作室的優太就不用說了，大谷除了像今天這樣去書店逛逛之外，其他時間都窩在家裡看小說和動漫。

「……但我也沒有其他特別想去的地方啦。」

大谷嘆了口氣並回答道。

「唔～……連翔子都屈服了。」

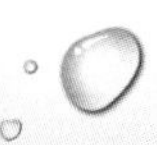

情勢變成二對一後，優太居然還想抵抗。

（呃，你才該運動吧。）

大谷在心裡暗自吐槽。

「那就定案嘍。好，我得拿出真本事做便當才行了。喏，優太你也別消沉了，我會放滿你愛吃的炸雞塊啦。」

「炸雞塊啊。好吧，我接受……翔子，如果遇到緊急狀況，妳要揹著我走喔。」

「若高齡者將擔子強加在年輕人肩上，社會會越來越低迷，所以麻煩你自己走吧。」

大谷冷漠地拋下這句話後，就重新拿起剛才放在地上的背包。

「啊，妳要回房間了？要吃晚餐嗎？」

大谷沒轉身，直接回答則子的問題。

「沒關係，我今天沒有很餓。我想洗完澡直接睡覺。」

「這樣啊。那我先把妳的份放在冰箱，明天要記得吃喔。」

「嗯，那就……」

說到這裡，大谷暫時停下腳步。

「怎麼了？」

則子看著大谷的背影問道。

「就是……那個……」

「？」

「媽，晚安。」

大谷第一次對則子使用這個稱呼。

「就這樣，我回房了。」

大谷覺得有點不自在，便加快腳步走出客廳。

當她走上樓梯前往自己的房間時。

——優太，你聽到了嗎！聽到她剛才說什麼了嗎！

身後傳來則子難得興奮高聲呼喊的聲音。

「她也太開心了吧。」

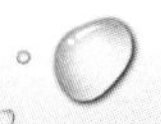

既然如此，應該更早這樣喊她才對。

「……謝謝妳，初白。」

大谷輕聲說道，並走進自己的房間。

◇

「啊～可惡，全身痛得要死……」

大谷拖著疼痛的身軀緩緩走著。

今天是大谷家約好要去爬山的日子。

不像則子早早起床喜做便當（不是故意押韻），這對宅家父女起初看到聳立在眼前的高山，就已經幹勁全失。但開始爬山後，兩人的情緒便逐漸高漲。因為平常總盯著藍光螢幕看，大自然的美景也讓兩人的心情煥然一新。在山頂上吃著則子做的便當，更是讓他們體會到前所未有的絕妙滋味，感覺空腹和疲勞是最棒的調味料。優太也頻頻稱讚好吃，大口吃著他最喜歡的炸雞塊。

大谷因此得到了絕佳的登山體驗。但在回程車上累得睡著後，一睜開眼就發生了悲劇。

缺乏運動的人在氣氛推使下，用超過自身體力負荷的程度運動後，就要付出這種代價。

換句話說……就是肌肉痠痛。

大谷疼痛難耐，感覺整個下半身的骨骼和肌腱都要廢掉了。

現在她每走一步——

「痛痛痛痛痛痛……」

就會用中年大叔的低沉嗓音發出哀號。

「可惡，我真的恨死運動了……」

大谷不禁開口咒罵。

明明全身上下都痛到極點，為什麼大谷還要特地拖著爬完山回來的疲憊身軀，走在夜晚的街道上呢？她是為了去一趟常去的書店。

今天有一部大谷喜歡的小說上市了。

這個時代根本不必特地去書店買書，只要在網路上預購就行了，但大谷就是喜歡去書店買回來看的這個過程。

而且在網路上買書，有時候沒辦法在上市當天收到。這樣就得在上市後幾天才能看到作品，對讀者來說簡直跟死沒兩樣（偏見）。

此外，因為父親是漫畫家，她也知道上市當天就能在書店買到作品，是單行本相當重要的評價基準。

因此大谷才會拖著沉重的身軀前往書店。

好不容易抵達目的地後，她在平放陳列架上拿起書去櫃台結帳，成功買到了那本書。

「呵呵呵呵呵。」

買到新書的興奮感，讓大谷露出有些詭異的笑容。

肌肉痠痛也像不存在似地消失無蹤了。

……不，還是存在，她渾身都僵硬又痠痛。

平常買到新書後，她都會稍微加快腳步趕回家，唯獨今天像烏龜一樣，只能用極其緩慢的速度踏上歸途。

就在她慢吞吞地走在回家路上時。

「大谷，妳怎麼走起路來像星〇大戰裡的金屬機器人？」

她遇見了身穿工作服，似乎剛下班的結城。

◇

結城居住的公寓，正好位在大谷家和書店的正中間。

所以他們自然會走同一條路回家。

大谷因為肌肉痠痛，走起路來十分僵硬，結城也配合她的速度緩緩走著。

大谷不禁心想：這麼說來，這個男人確實會做出這種貼心的舉動。

以前他們偶爾會一起回家，最近卻不然。

「不過，你連考試期間都在打工啊？我真佩服你。」

看著身穿工作服的結城，大谷這麼說。

「畢竟工作還是得做啊。老闆還替我減少工時了呢。」

結城用輕鬆的口吻這麼說。

但過著和平又悠閒的高中生活的大谷，也知道結城做的這些事一點也不輕鬆。

雖然工時減少，還是這麼晚才回家，是因為他之前一直都在自習室或圖書館念書。

同時兼顧課業和維持生計的工作。

說來簡單，但若真要做到結城這種程度，要吃的苦可說是非同小可。

（……應該有很多大人也扛不住吧。）

但就算辛苦，還是能咬牙苦撐過來，結城就是這種男人。

與其說是與生俱來的天賦，想必出生後累積至今的經驗，才是最大的因素吧。

結城現在雖然能像這樣正常到校上課，但大谷從他本人口中得知，這個男人一路走來經歷了多少折磨。

父親對他採取幾近虐待的斯巴達式教育。

那個父親過世後，結城就失去了目標。

在目標徹底喪失後，他重新設定了新的夢想。為了當上醫生，他拚死拚活地努力念書，挽救爛到谷底的成績，成功取得優待生的資格。

之前結城曾笑著說：「跟那個時期相比，現在已經輕鬆不少了。」

大谷真的很佩服他，卻也擔心他的身心狀況。

怎麼可能因為跟過去相比輕鬆不少，就覺得現在很輕鬆呢？

一定只是因為他麻痺了，其實身心各處都發出了哀號吧。

結城現在雖然很正常地在聊天，但身體早已透出疲勞，表情也浮現出些許緊繃僵硬的感覺。

（真是讓人放不下心的男人。）

從第一次見面以來，就一直是這樣。

總是全神貫注，太過老實，讓人憂心不已。

「呼，到了到了。」

不知不覺間，已經走到結城的公寓了。

「大谷，真的不用送妳回家嗎？」

「不用啦。被你這樣貼心護送，感覺很奇怪，我可能會吐出來。」

「說得太狠了吧……那路上要小心喔。」

說完，結城便走上公寓的階梯。

平常的他可能有點急性子，總用輕快的步伐跑著上樓梯，現在卻慢慢走上去，看來真的是累了。

結城打開自家房門。

初白就從家裡出來迎接。

這一瞬間，結城臉上的緊繃神情頓時變了。

他的表情變成溫柔無比的笑容，從遠處也能看得一清二楚。

結城和初白都笑得幸福洋溢。

（……啊。）

見狀，大谷心想。

那兩個人一定、一定沒問題。

不知怎地，她堅信那兩個人能孕育出「堅貞的愛」，永遠幸福快樂。

「太好了，結城。」

過去總是獨自在教室裡駝著背念書，讓人放心不下的那個冷漠少年，已經徹底消失了。

就算自己不在結城身邊，只要有初白陪著他，他也能繼續走下去。

（是啊，就算我不在他身邊……）

就在此時。

——似乎有什麼滴落在大谷腳邊。

「……咦？」

她摸摸自己的臉頰。

居然濕成一片。

「啊……原來……原來如此……」

本來想斷得乾脆一點。

她還以為自己不是那麼執著的人。

事到如今，大谷翔子終於為自己劃上句點的初戀流下了眼淚。

而且……

原本以為只是掉幾滴淚而已。

沒想到淚如泉湧，根本停不下來。

開門迎接結城回家的初白的身影，深深烙印在她的眼底。

（……我還自以為我們會自然發展到那一步。）

因為她以為結城不會找到其他對象，以為他對戀愛這方面毫無興趣。

（而且這份孽緣會持續下去，有一天就會自然演變成「因為妳一直在我身邊，不如就來交往吧」……）

回過神來就已經進展到約會、牽手、接吻。

（未來還會共組家庭……就像那樣……）

她自顧自地夢想著，總有一天，自己也能像那樣迎接結城回家。

可是那個地方已經被別的女孩子占據了。

所以這個夢想再也不會成真了。

「嗚……」

眼淚停不下來，絲毫不見止息。

斗大的淚水不停湧出眼眶，根本止不住。

原來失戀會讓人哭成這樣啊。

原來是這麼痛苦的一件事啊。

「……看來我……比想像中還要喜歡結城呢。」

大谷用顫抖的嗓音輕聲低喃，一個人哭了好久好久。

第四話　最重要的事物

隔天早上。

「……臉色太糟了吧。」

大谷對鏡看著自己的臉這麼說道。

哭腫的眼角脹紅不堪。

為了掩蓋某種情緒，昨天她哭了一整晚，哭累後不知不覺睡著了。

「得去上學才行……」

大谷這麼心想，並打算起身準備。

「……」

一股強烈的倦怠感卻湧上心頭。

老實說，她根本不想去學校和結城見面。

她知道自己還有眷戀，每跟結城說一句話，都會讓她痛苦萬分。

結城應該也會像平常那樣主動跟她攀談。畢竟結城在這些日子裡對她逐漸產生信任感，覺得她是可以敞開心胸聊天的對象。

（哎，我真的是……為什麼不早點跟他告白啊。）

依照那個男人的性格，就算對大谷沒有異性的喜好，應該也不會拒絕吧。

大谷這麼心想，用慢吞吞的動作準備上學……

「啊，沒辦法，這樣不行。」

大谷嘟囔了一句，就走下樓梯來到客廳，對正在準備早餐的則子說「雖然沒發燒，但我今天不太舒服，所以要請假」。

聽到幾乎不曾遲到和缺席的大谷說出這種話，則子露出有些驚訝且擔心的模樣。

但看了大谷的表情後——

「……知道了，我會跟老師說一聲。妳今天好好休息，明天就該去上學嘍。」

「嗯……」

大谷應了一聲，就回到自己的房間。

看則子的反應，大谷也知道她應該發現自己在裝病了。

因為自己頂著一雙哭得紅腫不堪的眼睛，則子似乎發現她有什麼傷心事。

則子甚至還特別強調：今天就算了，明天就該去上學喔。

大谷再次心想：我的繼母真是精明。

回到房間後，大谷鎖上房門，再次撲倒在床上。

「唉，居然請假了。」

而且還是因為失戀大受打擊。

「我是思春期的少女嗎……不對，我確實是思春期的少女沒錯。」

她說著自己也覺得莫名其妙的話，又自己開口吐槽。

不行，思緒根本無法集中。

「……先睡吧。」

這種時候就該先睡一覺再說。

於是大谷蓋上棉被，再次閉上雙眼，讓自己墜入深沉的昏睡狀態。

◇

大谷翔子作了一個夢。

她和結城都長大成人，也出了社會。

自己是穿著套裝的ＯＬ。

結城還是實習醫生。

兩人正在交往，如果回家的時間相同，他們會等對方下班後再一起回去。

那天碰上強烈颱風，電車紛紛停駛，她和結城只能就近找間便宜的飯店入住。

但年輕氣盛的男女住進飯店，就一定會擦出火花。

回過神來，自己已經被撲倒在床上了。

壓在自己身上的結城看著她的臉，說著有些羅曼蒂克的情話，感覺好不像他。

隨後，結城的大手緩緩地撫摸著自己的身體……

◇

夢境至此，大谷醒來了。

「……哎。」

她把手放上額頭，深深嘆了一口氣。

到底是作了什麼怪夢啊。

「我是思春期的少女嗎……呃，本來就是啦。」

我到底是多喜歡那傢伙啊……大谷自己也嚇了一跳。

用手機看了看時間，發現已經十二點了。

「哦？」

大谷發現通訊App傳來了通知。

發信人正是幫忙調查初白的國中同學。

「……」

大谷稍稍倒抽一口氣，才點開訊息。

結果訊息中寫著：

『學校裡沒有叫初白的學生。』

「咦？」

大谷拿起放在桌上的眼鏡戴好後，繼續閱讀訊息。

『我問了好多人，大家都說不認識她。總之我把一年級到三年級的所有班級都問過一輪了，就是沒有結果。我原本懷疑會不會是退學的學生，所以也去查過了，但還是沒有初白這個名字。』

「……」

盯著螢幕看的大谷僵了一會兒，隨後才動動手指回覆訊息。

『原來如此，謝謝妳。再麻煩妳一件事就好，如果有這一個月都缺席未到的高一學生，可以幫我查查那個人的背景嗎？』

送出訊息後，大谷將手機放回桌上，再次靠上枕頭。

本來就懷疑初白有什麼隱情了，結果比想像中還要嚴重。

就在此時。

叮咚～

家裡的門鈴響了。

大谷心想：可能是快遞之類的吧。

結果就聽到一陣走上樓梯的腳步聲。

接著，有人敲了敲大谷的房門。

──翔子，妳醒了嗎？

是優太的聲音。

「我醒了。」

大谷走下床並打開門鎖。

「早啊，翔子。身體好點沒？」

一打開門就看到優太，臉上還是帶著有些靠不住的笑容。

「有朋友來探望妳嘍。」

「……朋友？」

大谷往走廊方向一看。

「呀呵～翔子，妳還好嗎？」

只見藤井露出依舊令人火大的輕佻神情，朝著大谷揮了揮手。

◇

「……然後呢？」

大谷盤腿坐在床上，狠狠瞪著坐在地上的藤井。

「你來幹嘛？」

「當然是來探望妳呀。」

藤井笑容滿面地這麼說。

「我根本沒有找你過來，你來之前也沒有跟我知會一聲耶？」

「哈哈哈，妳在說什麼啦，翔子。」

藤井用看透一切的口吻說：

「如果事先通知妳，妳一定會叫我不要來啊。所以在妳拒絕我之前，我就先找上門來了。我怎麼這麼聰明啊～」

說完，藤井還豎起大拇指眨了眨眼。

大谷本來想一腳踢向這個大白痴的臉，但她現在渾身無力，還是決定作罷。

「你都已經來了，我說這話也不太好，但如你所見，我精神好得很，你根本沒必要來探望我。不好意思，讓你浪費寶貴的午休時間白跑一趟。」

聽大谷這麼說，藤井卻搖搖頭。

「翔子，妳在胡說什麼啊？妳還是無精打采的啊。」

「……」

「我是真的很擔心妳。」

藤井用嚴肅的眼神看著自己，和方才吊兒郎當的模樣完全不同。

沒想到會被藤井看穿心思。

（而且這傢伙居然有這麼嚴肅的一面啊。）

由於他平常老是態度輕佻滿臉傻笑的樣子，所以大谷有些訝異。

「真的沒事啦，只是我的心靈比想像中還要不堪一擊。」

「……是因為結城嗎？」

被藤井這麼一問，大谷的眉毛抽了一下。

「原來是這樣。妳該不會現在才發現自己還是喜歡他吧？」

……這個男人的直覺，怎麼偏偏在今天特別靈敏？

「這樣啊，原來如此。」

說完，藤井便拿出手機操作起來。

「你要幹嘛？」

「結城本來說很擔心妳，考慮要不要放學後來探望一下，所以我要傳訊息告訴他：翔子說『敢來就殺了你，給我認真準備考試』。」

「這……嗯，我打從心底感謝你。」

雖然很想問問自己在藤井心中到底是什麼形象，但她現在真的不希望結城來探望自己。

「不過，能看到翔子這麼脆弱的一面，我覺得很新鮮也很開心。」

「你是在挑釁我嗎……哎，我也覺得很意外啦。」

「結城跟妳說交到女朋友的時候，妳不是還一副無所謂的樣子嗎？現在怎麼會變成這樣？」

「……嗯，只能說我太晚察覺到自己的心情了吧。」

大谷這麼說，並把之前發生的事告訴藤井。

其實她心裡真的覺得無地自容，然而跟這個幾乎每天都會跑來跟自己亂告白的男人坦承真相，大谷卻不覺得排斥。

她說自己擔心結城和初白，做了多方調查及確認。結果發現兩人非常合適，雙方都很真誠，相信他們一定能度過難關。

以及……自己才因此察覺到心中的情愫，感到痛苦又煎熬。

「……大致上就是這樣啦。根本就是又蠢又笨的少女嘛。」

說完，大谷聳聳肩膀。

藤井思索了一會兒。

「那，妳想怎麼做？」

接著拋出這個問題。

「還能怎麼做？勝負已經揭曉了，哪有我出場的餘地啊？」

「那可不一定喔。」

聽藤井這麼說，大谷皺著眉問道：

「什麼意思？」

「……我待會兒要說的話非常卑劣，妳不要生氣喔。」

藤井先打了預防針，隨後才說：

「如果妳對初白說自己也喜歡結城，她應該會退出吧。」

「不不不，初白是真心喜歡結城，而且不是『戀愛』那種程度，甚至可以說是『愛情』了。再怎麼說，她也……」

大谷原本想說「不會退讓」，話到嘴邊卻硬生生止住了。

不對，就因為她真心愛著結城，反而才有這個可能。

大谷想起剛才收到的那則訊息。

『學校裡沒有叫初白的學生。』

初白只是假名，她還有另一個真名。

沒錯，那個少女身後的隱情，嚴重到她必須用這種方式隱藏過去。

想必初白自己也再清楚不過。

所以才不難想像初白會選擇退出。

我的祕密一定會為結城帶來困擾，所以大谷才能讓結城得到幸福——可以想見初白真的會這麼想，並選擇退出。

「……是不是有這個可能性？」

「是啊。」

因為深愛著結城，才希望結城能過得比自己更加幸福。

她就是這種女孩。

「所以翔子，妳眼前有兩個選擇。看是要對結城死心，祝兩人幸福快樂……」

藤井用一如往常的輕鬆口吻繼續說道：

「還是要介入他們，把結城搶過來。」

他在胡扯什麼啊？

大谷這麼想。

我根本沒有這些選擇。

這話才正要說出口……

「……」

一瞬間。

雖然僅只一瞬，大谷還是語塞了。

方才那一瞬間，她確實考慮過藤井提出的這兩個選擇。

母親說過的話忽然掠過腦海。

『對女人來說，愛情是最重要的。翔子，妳是我的女兒，遲早也會明白這件事。』

「……開什麼玩笑？」

大谷努力擠出聲音說道：

「我的初戀確實比預想中還要深刻難忘，但以人類的立場而言，還有更值得珍惜的事物，至少我是這麼想的。我希望那兩人能幸福快樂，也想以摯友的身分支持他們，畢竟他們都是好人。」

「是嗎……翔子，妳還是這麼帥氣。」

藤井這麼說，並擅自往大谷平時坐的椅子一坐，將身體靠上椅背。

◇

隔天早上。

大谷一如往常地走出家門前往學校。

不像平常那麼早，而是一般學生的上學時間。

她選擇了不同以往的上學路徑，也能看見幾個穿著同校制服的學生。

看到他們的舉止，大谷才想起一件重要的事。

「……對喔，今天是期末考第一天。」

要去上學的學生中，很多人都拿著筆記和講義在看。

其實大谷不是那種考試前會臨時抱佛腳的學生，但以往在考試前一天，至少還是會把考試範圍複習一遍。

（看來這次別指望能考到好成績了……）

要是受到失戀影響考了滿江紅，暑假還得補習的話，應該能風光地寫進黑歷史吧。

大谷想著想著，便來到學校走進教室。

結果……

「哦，大谷，身體還好嗎？」

結城一如既往地主動開口問候。

「……」

大谷頓時停下腳步。

老實說，大谷很擔心現在的自己能不能跟結城正常談話。

所以她才比平常晚一點到校。如果一大早在教室裡和他單獨相處，一定沒辦法靜下心來。

「……大谷？」

結城用有些擔心的眼神看著她。

（啊，真是的！）

幹嘛把每件事都想得那麼悲觀啊！

大谷往自己的臉頰用力一拍。

「妳、妳幹嘛忽然這樣！」

「今天不是要考試嗎？我偶爾也想幫自己提振精神嘛……我才想問你呢，有沒有做好萬全的準備啊？」

「嗯，放心吧。如果因為小鳥來到我身邊導致成績下滑，那就太丟臉了。」

結城用自信滿滿的表情這麼說。

從結城口中聽到「初白」這個名字，大谷就覺得胸口一緊，但故意視而不見。

「而且她一定會很自責，我不能讓她有這種負面想法。」

「真有幹勁耶，感覺你的精神也不錯。」

之前一起回家時明明還透露出些許疲憊，今天卻完全看不到黑眼圈，臉色也很健康。

「昨天小鳥說考試前一天要早點睡，所以我很早就睡了，而且她還幫我準備了補充體力的菜色。現在的我可以迎接任何挑戰了。」

說完，結城用力拍了拍手，彷彿待會兒就要站上拳擊擂台似的。

（……早點睡啊。）

這麼說來，剛認識結城的時候，自己也說過類似的話吧。

初白一定用盡全力在支持結城吧。

結城這陣子應該被考前準備逼得喘不過氣，光靠一個晚上的充足睡眠，狀態就能好到這種地步。從這個地方就能看出初白的用心。

（初白真的是個好女孩。）

大谷真心覺得，如果自己是男孩子，也很渴望有像她這樣的女朋友。

隨後，在考試開始前的這段時間，大谷勉強能用平常的態度跟結城對話。

……沒錯，只持續到考試開始之前。

◇

大谷他們這間高中的段考分成兩天進行。

第一個考試科目是現代文。

這是大谷相當擅長的科目。尤其是閱讀測驗，就算不用特意苦讀，只要考試當下能把文章看完就能得分，讓她覺得相當感激。對不排斥閱讀文字的大谷來說，根本就是送分題。

因此大谷得以順利解題。

坐在前面的結城用比大谷更快的速度動筆解題，中途似乎還情緒過嗨地站起來放聲大笑，被老師警告了一頓。依照這次考試的難易度，結城恐怕能拿到滿分吧。

下一個科目是數學B。

對大谷來說，數學是鬼門關中的鬼門關。

考試才剛開始，大谷的手就停下來了。老實說，她看得懂的題目反而比較少。

於是她努力從中尋找有把握的題目，想藉此獲得一點分數，盡量避免不及格的下場。

另一方面。

結城則跟剛才一樣，不，是用更快的速度瘋狂動筆。

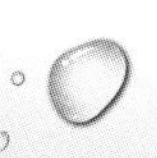

在大谷眼中像一團亂碼的數學題，結城居然能毫無窒礙地寫個不停。

（……他真的很強耶。）

結城平常的一舉一動幾乎都蠢得可以，但在這種時候，大谷真的對他肅然起敬。

如果是原本就天資聰慧的人表現如此，大谷只會覺得「好厲害」而已，但她知道結城不是這種人。

在自己眼前默默專心解題的那個背影，就能看出他累積至今的時間和努力超乎常人。

他的背影看起來無比可靠，帶著一股安心感，跟父親好像。

升上高中後，大谷就一直看在眼裡。

光是這樣看著，心裡就會湧現些許暖意。

只有坐在後面的自己，才能在特等席看到這個畫面。

……本該是這樣的。

滴答。

眼淚滴到大谷的考卷上頭。

（……啊，不行了。）

明明還在考試，眼淚卻停不下來。

像這樣親眼看著結城的背影，就勢必會意識到這一點。

我果然，很喜歡結城。

現在這種認真的態度，平常讓人有點放心不下的感覺，還有偶爾表現出的溫柔體貼，大谷全都想占為己有。

可是現在在她眼前的結城，腦海中應該都是初白的身影吧。

為了不讓初白誤以為是她害結城成績下滑，結城正心無旁騖地認真作答。

此刻他的心靈支柱應該也是初白吧。有了這個全心奉獻支持自己的女朋友，才能支撐住每次為了維持優待生資格的重擔而疲憊不堪的心。

只要伸手就能觸及，無比溫暖又耀眼的那道背影，已經屬於別人了。

「嗚……」

大谷拚命忍著奪眶而出的淚水和嗚咽聲，以免被他人察覺。

結果別說是考試了，數學B的考卷上她只寫了名字，交出了白卷。

◇

考試來到了第二天。

「……好了，把考卷交上來吧～」

此時正好考完最後一科。

最後一科的監考老師正好是班導，考完試後簡單開個班會就直接放學了。

教室裡的氣氛頓時舒緩許多。

「……哎。」

大谷深深嘆一口氣。

第一天的第二科雖然有點失常，但後續狀況勉強好轉了些。其他考科她在考試前都沒有複習直接上陣，但成績應該不會差到哪裡去。

只是數學B鐵定不及格了。

（又製造了黑歷史……）

在考試中看到讓自己失戀的對象後嚎啕大哭，最後交白卷拿了零分。

像這樣寫成文字，就覺得是相當羞恥的黑歷史了。

如果發生在其他人身上，雖然不至於嘲笑，應該也會被嚇得說不出話吧。

「呼。」

坐在前面的結城嘆了口氣。

「……辛苦了。考得怎麼樣？」

大谷這麼問。

她在考試中哭了個痛快，現在就能用平常心和結城說話了。

「其實還不錯。」

結城有些疑惑地說。

「該怎麼說呢，感覺是目前最有把握的一次。如果單看實際的讀書時間，明明是目前為

止最短的一次。」

「是喔～難道是女朋友的力量嗎？」

大谷用半開玩笑的口吻這麼說。

「不必懷疑啊，就是女朋友的力量。一想到考完試就要把這個送給初白，心中就會湧現出無限之力呢。」

說完，結城就從書包裡拿出兩張某個遊樂園的門票。他之前說考完試要休息一天跟初白去玩，彌補先前沒陪著初白的那段時間。

結城的表情真的非常快樂又幸福。

「……哎，好好好。真虧你敢一臉認真地說出『無限之力』這四個字。」

見結城沒有在開玩笑，大谷雖然有點傻眼，胸口卻也隱隱作痛。

結城可以為了初白湧現力量，初白也全心奉獻做結城的後盾，好讓他能努力奮鬥。

真是天造地設的一對。

（可是……）

他們本該是無可挑剔的情侶，初白卻依舊有所隱瞞，包含她的過去和真正的姓名。

大谷忽然心想：該不該把這件事告訴結城呢？

她停頓了一會兒，便沉下嗓子開口道：

「……吶，結城，關於初白啊。」

「……怎麼了？」

「之前我不是說，要在初白那間學校調查看看嗎？」

「是啊，妳有說過。」

結城看向大谷，也感受到她嚴肅的態度。

「當時我雖然說不會把調查的結果告訴你……但這件事還是得說。我聯絡了國中同學請她幫忙調查，可是……」

結城吞了吞口水。

「那間女校……好像沒有叫初白的學生。」

聽大谷這麼一說……

「……啊？」

結論似乎遠超乎結城的想像，只見他瞪大雙眼傻在原地。

「不不不，等一下。再怎麼說，這也太離譜了吧。」

她能明白結城的心情。畢竟初白確實穿著那間貴族女校的制服，書包和運動服也是那間學校的款式。

「我也搞不懂，現在還要請朋友繼續調查。」

「……」

大谷對目瞪口呆的結城說：

「對不起，我本來也不想告訴你，但要是沒先跟你說一聲，我實在過意不去。」

「……沒事，說了才好。謝謝妳告訴我。」

「吶，是不是該讓初白談談她的狀況了？不過……這方面還是讓你自己決定好了。」

結城緊盯著手上那兩張票，呆站在原地好一會兒。

大谷不再理會他的反應，將自己的書包揹在肩上後直接離開教室。

◇

走出教室後，大谷在通往學校的那條路上快步走著，再轉進無人的巷弄中。

然後……

「可惡！」

說完，她狠狠往牆面一踢。

「為什麼、為什麼要告訴他啊……」

對初白有隱情這件事保持沉默不就好了嗎？

結城本人反而更想聽初白親口說出這些事，所以自己就該乖乖閉上嘴才是。

她卻把這件事告訴結城了。而且明知道這樣做會給考完試後想好好慶祝的兩人潑冷水，她卻還是說了。

如果結城心裡有些不安，導致他跟初白的關係出了問題，自己是不是就有乘虛而入的機

會？

這是什麼可怕的想法，要不要臉啊？

『對女人來說，愛情是最重要的。翔子，妳是我的女兒，遲早也會明白這件事。』

腦海中再次閃現出母親這句話。

閉嘴，妳這個賤人……大谷雖然想這麼說，但她覺得自己方才的行為根本沒資格咒罵母親。

「因為我也是那個女人的女兒嗎？」

大谷不禁露出苦笑。

如果用輸血把體內的半數血液抽換掉的話，這種劣根性是不是就能改善一些——當她心中浮現出這個想法時。

手機發出了通知音效。

是幫忙調查初白的國中同學傳來的。

大谷打開訊息一看。

『雖然學校裡沒有叫初白的學生，但好像有個高一生從兩個月前就沒來上學了。她有一頭烏黑長髮，感覺很可愛。』

大谷確定那個學生就是初白。

於是她撥了通電話給那位國中同學——直美。

響了幾聲後，對方接起電話。

『呀呵～大谷，好久不見～』

電話另一頭傳來相當輕快的嗓音。

這個女人可是對重口味○辱題材的色情動畫廢寢忘食的重度愛好者，實在不能小看。

「直美，感覺妳也過得不錯嘛。至於我請你調查的那個學生，我猜應該就是她沒錯了。可以把詳細情形告訴我嗎？」

『好唷～了解了解～』

於是大谷聽直美轉述了初白在校期間發生的事。

由此聽來，確實沒有霸凌的問題。正確來說，是初白在一次霸凌事件中表現得相當異常，結果再也沒有人敢靠近她了。

「……這樣啊，謝謝妳幫我調查。」

『沒什麼啦，這樣妳就欠我一份人情嘍。』

拜拜～

說完，直美就掛電話了。

「……這樣啊，我猜得果然沒錯。」

初白受傷的原因，已經可以排除霸凌這個可能性了。

而且大谷當面跟初白聊過後，也知道她並沒有那種會自殘的精神疾患，反而是心靈相當堅強，堅忍刻苦的人。

從她不諳世事和戀愛新手的感覺來看，過去應該也沒有校外的朋友或男朋友吧。

那就剩下……

「父母親嗎……」

大谷當然也想過這個可能性。

但大谷畢竟也是在與暴力無緣的家庭中長大的人。優太自然不用說，連那個賤貨也不是會訴諸暴力的人。

或許這就是大谷一直把這個可能性排除在外的原因吧。

「虐待啊……原來她也是受父母親擺布的孩子……」

「翔子，妳說誰被虐待？」

聽到這個聲音，大谷抬頭一看，發現藤井站在眼前。

藤井的表情雖然像平常一樣吊兒郎當，眼神卻十分嚴肅。看來他認定大谷剛才那句話跟朋友結城和初白有關吧。

可以把詳細情形告訴我嗎？——他的眼中隱含了這股言外之意。

◇

大谷和藤井走進常去的家庭餐廳。

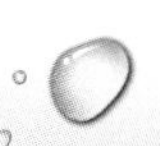

點了飲料吧暢飲方案後，兩人便入座。

「……原來如此。」

聽了大谷的說明後，藤井點點頭。

「虐待啊……我頂多只有小時候惡作劇的時候，被老爸揍過一次而已。怎麼說呢，感覺像另一個世界的故事。」

「對啊，我也是。」

「在相反的意義上，結城可能比我們更難想像呢。」

「……什麼意思？」

「結城他爸是為了教育而樂於體罰的那種人。他可能無法想像『不帶教育意義的單純家暴』是什麼意思吧。」

「嗯，雖然我沒有實際體驗過，但確實會有這種感覺呢。」

「而且結城國中參加的棒球俱樂部，就是因為有個孩子被霸凌致死才解散的。真要說的話，他應該比較能理解霸凌的意思。」

藤井若無其事地說出這句話。

「咦？你說什麼？我怎麼沒聽說過。那傢伙……居然還有其他更悲慘的過去嗎？」

「是啊。我的麻吉跟我這種平凡人不一樣，人生像故事主角一樣曲折離奇呢。」

藤井無奈地聳聳肩。

「那……我們該怎麼辦？釐清問題的原因也是好事啦。」

「對啊……」

雖然知道初白是因為父母的虐待才會被逼上絕境，然而若問大谷他們能做點什麼，卻也想不出什麼好方法。

硬要說起來，無論他們有沒有把這件事告訴結城，結城自己也說想等初白親口告訴他。

「但我再次確定了一件事，結城對初白來說是不可或缺的。能敞開心胸包容她的悲慘過去，讓她獲得幸福的人，應該就只有那傢伙了。」

大谷自己說出這句話後。

胸口又傳來一股刺痛感。

（……拜託，別連這種時候都這麼敏感脆弱啦！）

她對自己依依不捨的態度皺起眉頭。

見狀，藤井開口道：

「……翔子，妳要多注意初白的狀況喔。」

「那還用說，我已經把自己當成她的朋友了。」

聽大谷這麼說，藤井微微歪起頭沉吟了一聲。

「因為是朋友，妳就能退讓到這種地步？不覺得很奇怪嗎？」

「什麼意思？」

「呃，如果是交情長達十年的摯友自然沒話說，但妳跟初白頂多只是聊過幾次而已吧？妳喜歡她的善良體貼，這我能理解，但不至於連讓妳傷心流淚的寶貴戀情都拱手讓給她吧？」

「這……」

「我等等又要說出很卑劣的話了。」

藤井用十分嚴肅的眼神看著她說：

「如果是我，一定會拆散他們。因為我就是想跟翔子交往啊。」

「哎，你說得也沒錯……」

「因為我的心意也同樣真切……就算有人會因此陷入不幸，我也絕不退讓。」

藤井說出這句話時，表情一反常態，嚴肅非常。

「……是嗎？」

大谷心想：如果他平常就是這種態度就好了。

畢竟他真的很帥氣，帥到讓人惱火的地步。

但她絕對不會在藤井本人面前說出這種話。

「哎，其實我也覺得你說得對，我現在也深刻體會到這種心情了。」

失戀很痛苦。

看著喜歡的人跟別人相愛，真的很痛苦。

她已經親身體驗過這場地獄了。

只是……

「這是我……無謂的堅持吧。我個人希望初白這種人可以得到幸福，畢竟她跟我現在的父母很像……」

如同結城拚命三郎的性格很像優太，初白也有跟優太和則子相似的地方。

比如太過體貼，以及可以真心誠意地愛一個人。

所以如果遇人不淑，他們脆弱的真心就會遭到利用或榨取。

正因為初白是這種人，大谷才希望她能和值得信任的人孕育愛情，過得幸福快樂。

「如果為了成全我的愛情去傷害她的心……我就跟那個賤人沒兩樣了，那個不可饒恕的女人。」

大谷緊握著手這麼說。

「我不可能讓自己做出這種事。無論如何……絕對不會……」

說完，大谷用堅定無比的目光看向藤井的雙眼。

「……是嗎？」

藤井笑著點點頭。

「翔子，妳還是這麼帥氣。」

「……只是擇善固執而已。」

大谷喝了一口從飲料吧拿回來的咖啡。

沒有加糖奶的黑咖啡的苦味，在口腔中瀰漫開來。

「什麼嘛～那如果結城和初白分手，妳還是會跟結城告白嘛。」

藤井雙手交握放在後腦杓，將身子靠上椅背。

「咦？啊，是啊，應該會吧？」

大谷從來沒考慮過他們分手的可能性，所以沒辦法給出確切的答案。

「要是妳徹底死心，就可以跟我交往了說。」

「你啊……再說，你有辦法想像他們分手嗎？雖然才交往一個月，但我從沒見過那麼深愛彼此的人。」

「哎呀，這我同意啦。但我先前也說過，有時候就是因為深愛對方，才會變得疏離啊……」

就在此時。

「咦，那不是結城嗎？」

藤井看著大谷身後，也就是家庭餐廳入口處這麼說。

大谷轉頭一看，發現結城一個人拿著參考書走進店裡。

（……真奇怪。）

大谷立刻產生疑惑。

結城早就決定考完試以後要盡情享受跟初白溫存的時光了啊。

他卻在晚餐時間獨自來到家庭餐廳讀書。

仔細一看，他隱約散發出一種呆滯的感覺，不像平常那樣精神百倍。

一看就知道出事了。

◇

結城轉向大谷和藤井的所在位置，似乎看到他們了。

「哎呀，真巧。」

「嗨，結城。」

大谷和藤井開口後，結城就往他們這一桌走來。

藤井看著結城手上的題庫問道：

「結城，你幹嘛啊，才剛考完試耶，馬上就要看書啦？」

「……是啊。」

結城有氣無力地回答。

（……果然有問題。）

近距離看了結城的臉，才發現他露出了前所未有的表情。

看似失魂，又似落寞，也像心裡缺了一角。

大谷皺著眉說：

「結城……你那邊出事了吧？」

聽大谷這麼問，結城渾身一震。

「呃，沒有……」

「看你一臉鬱悶，怎麼可能沒事啊。最可疑的是，考試都考完了，你怎麼沒跟初白在一起，太奇怪了吧。」

被大谷義正詞嚴地轟了一頓，結城當場就無話可說了。

這也是平常少見的反應。

「放棄掙扎吧，結城。翔子生起氣來可是很頑固的喔。」

藤井聳聳肩說道。

「我也很擔心麻吉的狀況。可以的話，要不要跟我們聊一聊？」

他的語氣相當溫柔。

搭配大谷咄咄逼人的追問，感覺就像恩威並濟。

結城終於放棄抵抗，開口說道：

「……嗯，說得也是。你們跟初白也很熟了嘛。」

說完，結城就和他們坐在同一桌，先點了飲料吧暢飲方案。

隨後，他就說起今天放學後發生的事。

跟初白出門採買途中，他們遇見了初白的父親。

就是今年開始擔任藤井參加的棒球隊教練的清水。

想當然耳，清水把初白帶回家裡去了。

清水對他說，在狀況穩定下來之前，希望他不要跟小鳥見面。

還有……初白對清水表現出極度恐懼的反應，在結城面前卻欲言又止。

「……原來如此。」

大致聽完後，大谷喝了一口重新去飲料吧拿回來的咖啡。

聽了結城的說明，她大概知道是怎麼回事了。

她跟結城不一樣，知道初白曾經遭受虐待，所以很快就掌握狀況了。

所以……

「總而言之，結城……你是個超級大笨蛋。」

她毫不客氣地劈頭痛罵。

「什、什麼意思？」

「就是字面上的意思，大笨蛋。既然知道初白心裡有話說不出口，為什麼不問清楚？」

「因、因為……」

大谷把咖啡杯放在桌上，繼續說道：

「最離譜的是，你怎麼這麼輕易就同意清水說的每一句話，讓他把初白帶走呢？就算你再遲鈍也想像得到吧？初白她……根本不想回去啊。」

「……」

結城沉默了一會兒。

隨後才緩緩開口說道：

「但決定權在初白手上啊……」

「結城，你啊……」

「總不能……要她凡事都聽命於我吧。我也不想用強硬的手段逼問她。」

結城的話語中流露出一絲溫柔。

這麼說來，這傢伙就是這種人。

可能是因為自己出生後就被父親決定了一切，結城將此當作反面教材，所以會無條件尊重對方的心情。

就算真的希望對方照自己的意思做，一旦對方自行做出決定，結城就會收回自己的渴望。

「反正又不是永遠見不到面了。而且清水是初白的爸爸，當然會擔心她的安危啊。」

但他還是太天真了。

清水雖然說「在狀況穩定下來之前，希望他不要跟小鳥見面」，但結城這輩子絕對等不到「狀況穩定」這一刻。

「還有……還有……」

結城握緊了手上的杯子。

「……既然她爸爸還在世，就想讓他們一起生活啊。畢竟他不會一輩子都在你身邊……」

「結城……」

藤井曾經看過結城和父親練習棒球的畫面，不禁輕聲低喃。

結城他……真的太善良了。

大谷不禁心想。

同時，她也注意到一件事。

（這……再這樣下去，他們就要分開了。）

剛才藤井說的那個狀況，就在眼前應驗了。

正因為深愛著對方，尊重對方的心情，此刻的初白和結城竟錯過了彼此。

如同結城尊重初白的選擇和得以一家團圓的機會，初白也因為被父親發現行蹤，擔心自

己會給結城帶來困擾，才不敢開口求助。

不必等到大谷介入，再不想想辦法，他們可能就會面臨分手的命運。

（這樣一來……）

這樣一來，或許就有機會找回原本放棄的那段初戀了？

這個念頭不經意地掠過大谷的腦海。

怎麼會有這種愚蠢的想法……

她已經不想再用這種說辭委屈自己了。

她已經徹底明白了。

失戀真的很痛苦。

愛情在她心中的分量超乎想像。

而且初白和結城是自然分手的。

並不是大谷強行介入，才導致感情出現裂痕。

那不就沒問題了嗎？

這樣就能把恢復單身的結城占為己有了。

這並不是什麼壞事。

（……嗯，沒錯。）

過去她只是沒把握住唾手可得的機會罷了，她無意破壞任何人的幸福。

（可是……）

儘管如此……

大谷再次拿起杯子，將剩下的咖啡一飲而盡。

「呼……我也能理解你的心情啦。」

隨後，她用彷彿要往桌上敲的氣勢，「喀嚓」一聲放下杯子。

好了，大谷翔子，鼓起勇氣吧。

不准在表情和嗓音中透露出妳的委屈。

接下來就拿出妳的氣魄，好好耍帥一番吧。

「吶，結城，你下意識對『頤指氣使』這種行為相當排斥吧？我猜應該是你被父親逼

著練習棒球的關係。你雖然說不怎麼討厭，卻在無意識間認定這種行為不恰當。你又這麼溫柔，自然不會想對其他人做這種事。」

「……怎麼……」

結城原本想說「怎麼可能」，卻說不出後面兩個字。

大谷心想：被我猜對了吧。我當然知道啊，因為我的目光總是追隨著你。

「你有事有拜託我的時候，怎麼就這麼不客氣呢？算了，之後再好好跟你算帳。你不願插手干預太多，也不想強迫他人，我覺得這種思維值得嘉許。也正是因為你的體貼，初白在你身邊才能安心許多……可是啊。」

大谷將臉湊近結城說道：

「強制干預也不盡然全是壞事。我們去買衣服的時候，我不是逼你把自己的衣服也買下來了嗎？你覺得我只是在給你添麻煩嗎？」

當時你買的那些衣服，其實是我之前就幫你挑好的，覺得你穿起來一定非常帥氣。

所以才沒有像初白那樣東挑西選，一下子就買好了……你一定沒發現吧。

「……沒有，初白也覺得很開心，還稱讚我很帥氣。所以我很高興……」

一股刺痛感竄進胸口。

果然是因為被她誇讚帥氣，你才會這麼開心吧。

內心的苦楚就快要寫在臉上了。

『對女人來說，愛情是最重要的。翔子，妳是我的女兒，遲早也會明白這件事。』

母親這句話又閃過腦海。

閉嘴！

大谷用力握緊拳頭，以免心中的委屈溢於言表。

「就是這樣。現在也是同樣的道理，因為我剛才逼你實話實說，你才能像這樣對我們坦承一切。」

「……」

「結城，連你都這樣了，何況是初白呢？若沒有強行關心她的狀況，她一定會繼續壓抑自己……這樣一來，她可能又要往下跳了。」

「……妳怎麼知道這件事？」

「幫她選衣服的時候，我從字裡行間聽出來的……對了，既然提到自殺這件事……」

大谷拿出手機按了按螢幕。

再來要做的事就簡單多了。

大谷把國中同學直美傳來的訊息拿給結城看，告訴他初白的傷勢並不是霸凌所致。

聞言，結城也立刻聯想到家暴這個可能性。

平常接受清水指導的藤井，也順口說出清水這個人總讓人不寒而慄。

在大谷和藤井的推波助瀾下……

「……初白！」

結城氣勢洶洶地站了起來。

他的臉上滿是堅決，先前那種了無生氣的頹廢模樣頓時無影無蹤。

藤井對結城說道：

「清水教練的家，就在市立高中附近那間烤肉店對面，那棟紅色屋頂的雙層獨棟民宅。」

「謝謝你，藤井……對了。」

「嗯？怎麼啦？」

「這樣可能……會給你跟棒球隊的人添麻煩……」

藤井含了一口杯子裡的冰塊，喀啦喀啦地咬了起來。

他偷偷向大谷瞥了一眼。

他的眼神彷彿在問「真的要讓他走嗎？」。這是現在唯一能挽留結城的最後一個理由了。

大谷深深點了點頭。

見狀，藤井的表情變得有些複雜。

看上去悲喜交雜。

（你也是個超級大好人嘛……）

因為他先前明明用「自己一定會拆散他們」這種理由拚命勸說，到了關鍵時刻，卻依舊優先確認大谷的意願。

於是藤井對結城說：

「嗯～不過……就照你的意思去做吧？有問題的話，就用超大杯聖代跟我和解吧。」

說完，藤井微微一笑。

「好，要吃多少杯都可以，我請客。」

留下這句話後，結城就把千圓紙鈔放在桌上，立刻衝出家庭餐廳。

（……嗯，這樣就沒問題了。）

大谷看著結城衝出餐廳的背影這麼心想。

藤井似乎也有同感。

「這樣一來，事情一定能順利解決吧。畢竟結城就是這種有主角光環的人嘛，已經沒有我們這些配角出場的餘地了。」

藤井聳聳肩說道，語氣有些無奈。

是啊……自己未來絕對不會變成結城身邊的女主角。

畢竟這條路，是她自己選擇的。

「……」

大谷沉默了一會兒。

「吶，藤井，你剛剛說，想和我交往的心意『非常真切』吧？」

「咦？嗯，我是這麼說的。」

「……我的心情，也跟你一樣。」

說完，大谷就從座位上站了起來。

「翔子？」

看到大谷忽然起身，藤井有些驚訝。

「待會兒我想一個人靜一靜，先回去了。」

留下這句話後，大谷便走出家庭餐廳。

◇

離開餐廳時，天色已經完全暗下來了。

今天夜色晴朗，看得到滿天星辰。

大谷在路上快步走著，但這並不是回家的那條路。

「……是啊，我的心意也是貨真價實的。」

回過神來，才發現自己滿腦子都是那傢伙的身影。

和他在一起時，心裡就變得暖暖的。

偶爾看到他帥氣的一面，就會怦然心動。

也曾經幻想過和他交往或結婚後的種種情境。

發現他不再屬於自己的那一刻，也像傻瓜一樣淚流滿面。

「可是……可是……」

她還有更值得珍惜，絕對不能退讓的信念。

心裡有一股聲音告訴自己：我不想變成媽媽那種人。

所以……

來到杳無人煙的河濱地帶後，大谷停下腳步。

她放下書包，狠狠地吸了一大口氣。

隨後……

「啊啊！」

她放聲大喊。

「看見沒有！混帳老媽啊啊啊啊啊啊啊啊啊啊啊啊啊啊啊啊啊啊啊啊！」

她朝著只有耀眼星光，沒有一絲雲彩的清朗夜空奮力嘶吼。

彷彿要將肺部空氣全部傾倒而出。

「我選擇了更重要的事物！比戀愛還要重要上百倍！我想讓最心愛的人們得到幸福！我一點也不後悔！感覺痛快極了！因為我根本不在乎妳的狗屁戀愛理論啊啊啊啊啊啊啊啊啊啊啊啊啊啊啊啊啊啊啊啊！」

眼淚接連不斷地奪眶而出。

這是最後了。

這是大谷翔子最後一次為初戀掉眼淚。

把悲傷的情緒全部釋放後，就換上開朗的笑容吧。

因為我是成功貫徹信念的勝利者啊。

「哈啊……哈啊……咳、咳咳！」

不久後，眼淚終於流乾，為了吶喊也用盡全力的大谷，開始緩緩調整氣息。

這一刻，孤身一人的她露出了心滿意足的爽朗笑靨。

她本想這麼做，卻有個討人厭的傢伙跑來礙事。

「……喂，你怎麼也在這裡啊？」

「嗯？」

那個人就是藤井。

不知從什麼時候開始，他就一直站在大谷身後。

「哎唷，我喜歡的女孩子因為失戀傷心欲絕，只要好好安慰她，說不定就有機會交往了嘛。」

藤井張開雙臂，彷彿在說：來吧，撲到我的懷裡吧！

「……白痴……你真的沒救了耶……」

大谷轉向藤井，看著他的雙眼問道：

「……你真的願意接受我嗎？如你所見，我這個女人超級固執又不可愛。」

聽完這句話，藤井勾起一抹微笑。

唯獨那雙眼中帶著無比真誠的目光。

「正合我意啊。」

他這麼說。

「……真拿你沒辦法。」

說完，大谷就將頭靠上藤井的胸膛。

尾聲　有件事讓人很不爽

今天是第一學期的結業式。

（……校長致詞還是一樣無聊。）

坐在摺疊椅上的大谷翔子，在心裡抱怨連連。

往旁邊一瞧，結城居然在偷看帶在身上的參考書。

大谷驚呆了，沒想到他還是老樣子，連這種時候都可以看書。

初白那件事之後，又過了一段時間。

不，正確來說她的名字是清水小鳥，應該說「小鳥那件事」才對。

在家庭餐廳聊過後，後續又發生了一些事，但結城和小鳥算是努力撐過來了。

一方面也是因為小鳥的父親被逮捕，但兩人今後總算可以過上幸福快樂的生活了。

由於攜手撐過了難關，感覺他們的羈絆變得比之前還要深厚。

（……他們真的很像主角跟女主角耶。）

自己根本沒有出場的餘地嘛，大谷不禁苦笑。

正因如此，她現在才能打從心底期盼兩人能幸福美滿。

對於自己這樣的轉變，大谷感到十分驕傲。

◇

對了。

雖然用這種方式成功將初戀劃上句點，但除此之外，大谷對結城仍有另一個不滿。

因為大谷不敢將自己的心意告訴結城，這段初戀才會無疾而終。

這完全是自作自受，大谷也坦然接受這個結果。

但是反過來說，應該也有結城喜歡大谷並向她告白的可能性吧。

畢竟他就是主動問小鳥要不要跟自己交往的啊。

而且這個男人一天到晚都在稱讚小鳥是全世界最可愛的女孩子，卻從來沒有對她說過這種話。

這讓大谷非常不爽。

再怎麼說，她也是跟平常人一樣注重美妝保養的少女。

如果不把結城嚇得無話可說，實在嚥不下這口氣。

「……就是這樣，所以我要減肥，幫幫我吧。」

「真是意氣用事耶。但女朋友想要變漂亮，身為男友的我當然樂見其成。」

因為清水那件事，棒球隊遭到停止活動三個月的處分。所以大谷每天都把沒事可做的藤井叫出來陪她一起運動。

但藤井自己在球隊停擺期間也想動動身體，結果運動量比大谷還要強上好幾倍。

大谷本來就缺乏運動，運動強度還不到藤井的一半，就已經累得要死了。

飲食方面也進行徹底管理，將醣類攝取壓到最低限度，改吃營養價值高的優質食物，而且只吃五分飽。

老實說真的非常辛苦，但這就是少女的堅持。

該死的遲鈍廢物主角，我要讓你後悔當初沒有選擇我——大谷將這股憎惡的情緒化為動力，熬過了這個夏天。

於是……

「……但我真沒想到妳會轉變這麼多耶，光看就快流鼻血了。」

藤井看著大谷的身材說道。

「我本來就是易胖也易瘦的體質。」

大谷已經變成了身材曼妙的美少女，連她自己都覺得判若兩人。

看到只剷除了多餘脂肪，展現出完美曲線美的身體線條，大谷也忍不住讚不絕口。

她也順便嘗試了以前覺得麻煩能免則免的隱形眼鏡，還配合瘦下來的體型改變妝容和髮型。

新學期第一天。

她像平常一樣早早來到學校，果然看到結城一個人在看參考書。

「新學期一開始就這麼拚命啊。」

大谷開口後，結城就抬起頭看了過來。

「好久不見，大谷……」

結果。

「嗯……？」

結城疑惑地歪著頭問：

「……呃，您是哪位？」

「你睡傻啦？我是一年級都坐在你後面的大谷翔子啊，雖然不是自願的。」

「……」

看到他露出極度茫然的呆傻表情後，大谷覺得相當滿足。

特別篇　藤井亮太的命運邂逅

藤井亮太在高中入學後三個月左右，認識了大谷翔子。

當天正好公布了上高中後第一次期中考的排名。

這間學校會公布前三十名的名單，藤井也是榜上有名。

成績是全學年第八名。

「好厲害喔～藤井同學，你真聰明！」

「而且你還要練球耶，太了不起了！」

只跟他說過一次話的隔壁班女孩們興奮地這麼說。

雖然已經見怪不怪了，但跟自己聊天時，絕大多數女孩子的聲調都會調高一階。

「哈哈哈，這次只是運氣好啦。」

藤井雖然笑著回答，心中卻五味雜陳。

（……很厲害，很了不起嗎？）

老實說，他實在沒辦法對自己做出這種評價。

首先，雖然大家說他還能兼顧球隊很了不起，但其實除了上課和寫作業以外的時間，他根本沒在念書。只是因為他本來就比較精明，所以在辛苦練球之餘還要減少睡眠時間拚命用功這種事……他從來沒做過。

被大家稱讚了不起……感覺也怪怪的。

再來是「好厲害」這個評價。其實這間學校的錄取成績並不高，藤井本來想攻讀更好的學校，卻因為離家近和棒球校隊很強這些原因，才選擇來此就讀。

所以，他在這間學校雖然算是成績優秀的學生，卻也不到「厲害」這種地步。

（……真正厲害的是這個人吧。）

藤井看向公告的榜單最上方。

結城祐介　第一名　885分。

滿分九百，居然只差了十五分。順帶一提，他跟第二名的差距將近六十分。

這種表現才稱得上厲害吧。

而且結城幾乎每天都去打工，自己賺取生活費。工作之餘拚命讀書，還能有這麼好的成績。

這種表現才算是了不起吧。

「……真的贏不了他耶。」

◇

時間來到放學後。

放學前的班會結束後，藤井正在收拾書包準備回家，卻忽然發現一件事。

「……啊，要把這本書還給他才行。」

藤井手上的是跟結城借來的棒球技術書。

這本書的作者是知名大聯盟球員，被結城奉為聖經。

藤井在球隊擔任投手，最近卻在控球技術方面有些卡關，心想或許能學到一些改善的方法，才跟結城借了這本書。

藤井跟結城雖然同年級，但教室分屬不同樓層。

將球隊用具扛在肩上後，他走下樓梯往結城班上走去。

他隔著門上的窗玻璃往裡面一看。

（……嗯，還在還在。）

結城正在看書。

如果放學後不用打工，他都會在教室或自習室裡複習課業，直到全校學生都離開為止。

「他真的很拚耶。」

這就是藤井最佩服結城的地方。

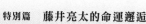

結城原本並不是資優生。聽說在國中以前，他的段考學年排名都要從下往上數，而且光靠十隻手指頭就數得到了。

雖然也要歸咎於每天練球的關係，但如果換作藤井，成績絕對不可能爛到這種程度。

所以結城現在的成績，真的是「努力得來的」。

升上同一所高中後，還是能看到他這麼拚命努力的身影。

藤井本來也被他影響，想要認真讀書。可悲的是，他撐不到三天就打回原形了。

他自己也大概知道原因為何。

因為他根本不必做這些事，就能舒舒服服地過日子。

學業和運動神經都比別人優秀，社交能力也很強，又很受女孩子歡迎。這樣的生活已經讓他相當滿意了。

所以，他永遠沒辦法變成結城這種為了實現夢想拚命努力的人。

藤井從小就被許多人譽為天才。光看才能或許真是如此，其實本人覺得自己的心靈只有「平凡至極」的等級。

這位主角根本顧不得凡人，一心朝著夢想奮力邁進。

今天的這個瞬間，依舊如此。

「哎。」

藤井嘆了一口氣，才打開教室門。

「結城～」

「……」

藤井走進教室喊了一聲，結城卻還是默默地繼續解題。

好像沒注意到他。

（太專心了吧……）

跟藤井完全不一樣。在家裡寫作業的時候，藤井只要聽到一點點家人聊天的聲音，注意力就會中斷。

這時，坐在結城後面正在看小說的女同學──

「結城，有人找你喔。」

說完這句話後，居然往結城的椅子輕輕一踹。

「唔！」

如此豪邁的提醒方式，讓藤井嚇了一跳。

「……嗯？啥啊？搞什麼，是藤井啊。怎麼了？」

但結城一臉淡然，似乎習慣了。

「不用這種方式提醒，這傢伙是不會發現的。」

女同學這麼說，卻頭也不抬地繼續看書。

「原、原來如此。啊，呃……我要把這本書還給你，謝啦。」

藤井從書包裡拿出跟結城借來的書，伸手遞給他。

「哦。有幫助嗎？」

「嗯～好像有，又好像沒有。」

這是藤井真實的感想。

因為作者是大聯盟球員，把基礎知識寫得簡單易懂，但書中內容實在太理所當然了，感覺現在看了也學不到什麼東西。

書中介紹的練習方法，好像也不算相當嶄新。

「我知道了，藤井，你只是看看而已，沒有實際練習過吧？」

「咦？對啊。」

「很多技巧得實際演練幾次，才能理解其中的深意。越基礎的觀念越是如此。」

……但你這麼聰明，可能也沒這個必要吧。

說完，結城就把文具課本收進書包。

「好，我要去自習室繼續看書了。拜拜啦，藤井，大谷也是。」

「嗯、嗯。明天見，結城。」

留下這句話後，結城就走出教室了。

「……」

結城離開後，藤井在原地呆站了一會兒。

「……我很聰明，所以沒必要是嗎？」

而且仔細一看，原本要還給結城的書還放在桌上。

「那傢伙有時候很會戳人痛處。」

坐在結城後方的女同學開口說道。

「呃，妳叫大谷嗎？」

「大谷翔子。」

「那我就叫妳翔子嘍。我是藤井亮太，請多指教。」

藤井面帶微笑地說。

「嗯，請多指教。」

大谷卻興致缺缺地回了一句，就把視線放回書本上了。

（……咦？沒見過這種反應耶。）

藤井也知道自己的外型非常俊俏。

所以當他露出微笑時，其他人的反應不是開心就是害羞。

她是在掩飾害羞嗎？

藤井雖這麼想，但如果是要掩飾害羞，應該在別開目光後還會偷偷瞄他幾眼才對。

但大谷沒有這麼做，而是全神貫注地盯著書本看。

（……有點好奇呢。）

「吶，翔子，妳在看什麼書啊？」

藤井開口問道。這是和有點御宅氣息的女孩子搭話時的經典話術。

「《從〇〇噴水！翹臀上班族的〇〇〇企畫》。」

「啊？什麼？」

幾乎都是不能讓各位好孩子聽到的下流字句。

「就是《從〇〇噴水……」

「不不不，我已經聽清楚了。」

這也不是可以一直掛在嘴邊的詞吧。

大谷把書本打開，讓藤井看裡面的插畫。

兩個美男子緊緊交纏在一起。

……這就是所謂的ＢＬ吧。

「妳、妳的興趣還真有意思。」

「這是淑女的嗜好。應該要列入義務教育才對。」

藤井可不想接受這種義務教育。

不過，大谷確實是不會跟藤井沾上邊的那種女孩子。

就算藤井主動搭話，她也一副興致缺缺的模樣，還光明正大地向他人展示這種類似性癖的事物。

仔細一看，沒想到她的長相滿標緻的，應該是藤井喜歡的類型。

藤井真的對她充滿了好奇。跟這種女孩子交往看看吧，說不定很好玩呢。

「妳真的很有趣耶，翔子。吶，雖然有點突兀，但要不要跟我交往看看？」

這個提議可說是唐突至極，但依照藤井過去的經驗，除非對方有男朋友，否則幾乎都會過關。

其實有些人就算有男朋友也會一口答應，那個時候藤井就會直接拒絕。

至於大谷的反應——

「……我說你啊。」

大谷從書本上抬起頭，直盯著藤井的雙眼說：

「是不是覺得自己很沒趣？」

「……」

聽到這句話，藤井不禁陷入沉默。

完全被她說中了。

看了今天的考試排名，不對，從更早之前，他就覺得自己是個無聊又平凡的人了。

或許在常人眼中，藤井這種人才像漫畫主角一樣，享受著充實愉快的青春歲月。

但真正的主角另有其人。

他身邊就有個人生曲折離奇，為了夢想全心全意，還取得壓倒性成就的人。

跟他相比，自己只是個會耍小聰明的路人甲而已。

「……我話說得太重了，對不起。」

看著藤井一聲不吭的模樣，大谷輕輕低頭道歉。

「因為我也隱約明白這種感覺，真的很難受。雖然不到痛苦至極的地步，但每天都會嘗到難受的滋味。」

「是啊……嗯，翔子，妳說得沒錯。」

「尤其你又是看起來人生一帆風順的那種人，你的心情應該沒有人懂吧。」

（……她還真敏銳。）

藤井打從心底這麼認為。

過去從來沒有人明白，連藤井自己都無法確切看清的痛苦，她居然能完全理解。

「這種難受的感覺，最後只能靠熱衷投入某件事，拚命努力才能解決。我最近也重拾畫筆，把一度放棄的繪畫興趣找回來了，感覺還不錯喔。」

所以……

說著說著，大谷拿起放在結城桌上的那本棒球技術書，遞到藤井面前。

「要不要比現在更努力一點看看？」

大谷說話時的表情絕對稱不上和藹可親，卻能從中感受到一絲溫柔。

藤井能感受到她無意討好自己，而是真心為自己著想才會說這些話。

「……嗯，也對。」

藤井接下那本技術書。

「我還要再跟他借一陣子，妳可以幫我跟他說一聲嗎？」

「好啊，加油。」

說完，大谷又把視線移回書本上了。

從那天起，藤井放學後都會一個人到附近的公園，實際演練技術書上的內容。

話雖如此，因為嘗試幾次還是找不到手感，第三天藤井腦海中就浮現出「還是算了吧」的念頭。

可是……

「哎呀，你真的在練耶。」

有一次藤井正在練習時，大谷正巧經過公園，那天以後她每天都會來看藤井練習。

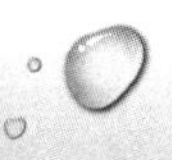

「妳可以嗎？不覺得無聊嗎？」

聽藤井這麼說……

「沒差，我就看書啊。畢竟是我要你好好加油嘛，而且有人幫忙監督，也比較不會偷懶吧？」

大谷給出這個答案。

於是藤井又持續練習了一陣子，才又發現好幾個光從字面上無法看清的問題點。

過去他總以為看過就懂了，其實根本沒觸及到其中蘊含的深意，此刻他終於切身體會到這一點。

現在他才發現，他的控球能力之所以會失常，似乎是因為長高導致身體平衡改變，軸心腳的動作也不同以往。

書中有寫到改善的方法，於是藤井堅持不懈地苦練。

兩個月後。

他的控球能力真的改善了。

只花了兩個月。跟結城相比，不知道這樣能不能歸類在努力的範圍，但藤井從來沒有為一件事持續努力這麼久。

他能撐到這一刻，自然全都是大谷的功勞。

（……這種感覺還是第一次。）

以前總有一大堆女生為討好藤井而百依百順，然而他從來沒遇過對自己如此冷淡，卻留在他身邊這麼久的人。

大谷是真的會關懷他人，也會設身處地為他人著想。

有她在，心情似乎就能平靜許多，也能繼續努力。

於是，藤井再次向大谷告白。

可是……

「感覺太隨便了，我不喜歡。」

他卻再次被拒絕了。

但藤井當然不會就此罷休。

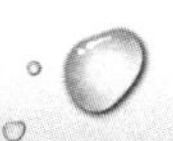

雖然他還年輕，但曾和許多女性交往過的直覺告訴他：

這個女孩值得留在身邊一輩子，絕對不能輕易錯過。

「那我每天都要跟妳告白，直到妳明白我的真心為止！」

藤井認為自己的態度非常認真，但大谷覺得這只是隨口說說的玩笑話。

「……哎，辦得到的話就試試看吧。」

大谷十分無奈地這麼說。

原來如此，可不能被她看扁啊。

於是從那天起，藤井決定每天都對大谷進行愛的告白。

尾聲2　來自結城麻子的邀請函

這天，結城像平常一樣在家裡和小鳥共進晚餐。

在結衣那件事之後，又過了一個多月，現在已經十一月了。天氣已經完全轉涼，兩人都把平常穿的衣服換成質地厚重的冬衣了。

「馬上就要放寒假了呢。」

「是啊，但你的假期應該也被讀書和工作行程塞滿了吧。」

「……我無法否認。」

結城的行事曆已經塞滿了工作計畫。

寒假期間的讀書計畫也排得密密麻麻，畢竟過了這個冬天就要升上高三，迎來大學學測的季節了。

他不像藤井那樣，不必讀書就能取得好成績，所以現在就得盡可能努力籌備才行。

「感覺有點對不起妳……都放寒假了，卻沒辦法跟妳一起出門走走。」

「呵呵，沒關係呀。」

小鳥將味噌湯碗放上桌，繼續說道：

「我覺得男孩子為自己的夢想認真努力的樣子很帥氣嘛。」

說完，她揚起一抹溫柔的笑靨。

這個女朋友還是老樣子，總說這些讓自己開心的話。

「而且不用去學校上課，你待在家裡讀書的時間也會增加嘛，這樣跟你在一起的時間也變多了，這樣就夠了。」

「小鳥……」

「我很喜歡你用功讀書時的側臉，寒假應該能讓我看個過癮吧，想到就好興奮喔。」

「……小鳥！」

她說的這些話太可愛了，結城顧不得現在還在吃飯，就立刻放下筷子將她擁入懷中。

「結、結城！你怎麼了！」

「妳啊，真的是！」

太可愛了。

我的女朋友實在太惹人憐愛了。

「……好，我決定了，我要努力擠出連休，跟妳一起出去玩。」

「這、這樣……真的沒問題嗎？」

「我實在太想跟妳約會了。妳願意陪我嗎？」

「那個……嗯，那當然，我很開心。」

小鳥的身體因為驚嚇而緊繃，隨後便放鬆力氣靠進結城的懷裡。

「那我們要去哪裡呢？」

雖然說要出去走走，但結城原本就對旅行這方面沒什麼興趣。

（嗯～這個季節的話，去草津那邊泡溫泉也不錯……）

當他努力搬出腦中為數不多的鄰近觀光景點，絞盡腦汁思考時……

喀咚。

信箱傳來收到信件的聲音。

「我去拿。」

「好。」

小鳥一如往常立刻反應過來，起身去拿信件。

女友的體溫頓時消失無蹤，結城一個人無比惋惜地用手在空中抓了又抓。

「是你的信。寄件人是……啊，是你媽媽寄來的。」

小鳥拿來的信件上，寫著寄件人的姓名「結城麻子」。

「啊，是這個月的吧。又該回信了。」

結城和母親每個月會用信件交流一次，在這個時代已經很少見了。

雖然住在鄉下中的鄉下，母親還是會用智慧型手機。本來覺得用手機溝通就好，母親卻用「充滿心意的溝通才是最重要的嘛，要用靈魂交流，靈魂。」這種莫名其妙的理由，堅持要他寫信。

「我看看，這次她寫了什麼呢……」

上次母親寫了滿滿一面Ａ４紙打聽小鳥的狀況，所以結城回信時也把Ａ４紙正反兩面全部寫滿，詳述小鳥的可愛之處。

「……啊～」

「怎麼了嗎？」

坐回餐桌前繼續吃飯的小鳥，對看著信件獨自呢喃的結城問道。

「那個，小鳥……關於我剛剛說的連休。」

「嗯。」

「妳要不要跟我回老家一趟？」

「咦？」

小鳥原本要把小黃瓜醬菜放進嘴裡，手卻硬生生停在半空中。

結城手上那封信，用娟秀的字跡寫著「年底把你說的那個太陽系第一可愛的女朋友，帶回來給我看看吧」。

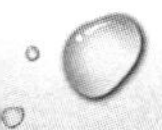

……欸，有個女孩被結城傷透了心…

我可以揍你一拳嗎？

幹嘛忽然把我叫出來說這種事啦！

……我做了什麼糟糕的事嗎？

不，其實錯不在你啦。

嗯～但你都這麼說了，應該就是有吧。

好，如果這樣能做個了斷，你就揍吧！

パシ

翔子～
妳等人的樣子也好可愛呢。
……你的表情好像有點陰沉耶。
也是……倘若主角隨時隨地都帥氣逼人，感覺也很卑鄙。
聽不懂妳在說什麼。
來。
咦？
懷疑什麼？至少要牽手吧？
……哈哈哈，我們結婚吧，翔子！
那畢業後就要去登記結婚喔！
學生不能結婚吧。
哎，真拿你沒辦法…

後記

不覺得為失戀落淚的女孩子很美嗎？↑（忽然發神經）

各位好久不見，我是岸馬きらく。

好的，《救了想一躍而下的女高中生會發生什麼事？》第三集，整本都是在描寫大谷這個女主角。

看到這裡的讀者應該已經知道了，這一集基本上都是以大谷的視角在推進劇情。在第三集脫離主角的視角，改用配角視角推進劇情的寫法，其實在戀愛喜劇中並不常見。

但關於《躍女》這部作品，岸馬我決定採用「每一集都要帶給讀者觀賞長篇電影的滿足感」的寫法，將劇情推展當下最精采的故事描寫出來。

其實第二集也跳脫了常見的戀愛喜劇框架。一般的戀愛喜劇形式，原本只須描寫主角和女主角的恩愛日常，但除了結城和小鳥的生活之外，我也對住在隔壁的那對母女著墨了一番。

就是因為「這樣會讓故事更加精采」。

這次以大谷視角描寫的劇情，也是「會讓故事更加精采」。

因此在岸馬本人的堅持之下，這次的作品我加了不少隨心所欲的描寫，希望讀者們看得開心。

這先暫且不談……

各位看到了嗎！

登上封面的居然是瘦身成功的大谷耶！

這位超級美少女是誰啊？說真的，就連我這個作者一開始也沒認出來。

個人認為，在以往看過的二次元美少女當中，她幾乎能排進我最愛的前三名了。

有幸和這位大谷交往的藤井啊，誠心盼望你的小腳趾敲到衣櫃邊角，嘗嘗幾分鐘痛不欲生的滋味。

雖然大谷在第二學期就會打回原形，重新戴上眼鏡就是了。

真想頒個《躍女》界的復胖王者稱號給大谷。

不過，原本的大谷也是貨真價實的美少女，是個充滿魅力的角色呢。

說了這麼多，下一集小鳥就要去結城的老家拜訪了。

要跟父母親見面了耶，要見面了。兩人的戀情到底能持續到什麼時候呢？

由於本作秉持著讓角色自由發展的精神，很多時候作者自己也難以預測下一步會往哪裡走。

雖然這樣的作品讓我有點辛苦，卻還是能從書寫中獲得不少樂趣。

對了，大家知道《躍女》已經漫畫化了嗎？

由うるひこ老師執筆的漫畫版，正在「隔壁的YOUNG JUMP」平台連載中喔。

うるひこ老師描繪的插圖也是精美無比，有興趣的讀者請務必欣賞。

因為前置準備就花了不少時間，我想一定會呈現出精彩絕倫的成果。

最後，雖然這完全是我個人的私事，但有件事讓我喜不自勝。

我自己上網搜尋《躍女》的讀後心得時，發現有人說：「看了《躍女》之後，我決定要成為小說家！」而且還不只一人。

身為一名創作者，這真是無上的喜悅。

多虧這部作品的誕生，又成就了一個夢想。

如此喜愛《躍女》的各位讀者，真的非常感謝你們。衷心盼望大家的夢想都能實現。

那麼，我們第四集再碰面吧。

恭喜
《躍女》第三集上市！
這次畫了各種不同
面貌的大谷呢！
實在太開心了！

恭喜
《躍女》
第三集上市！
大谷的粉絲
應該等很久了吧…！
能看到大谷
形形色色的樣貌，
我也越來越
喜歡她了。
Rotam

3
義妹生活
三河ごーすと
插畫 Hiten
Days with my Step Sister
presented by
ghost mikawa
Kadokawa Fantastic Novels

義妹生活 1~3 待續

作者：三河ごーすと　插畫：Hiten

逐漸改變的關係與想要守護的東西。
漸行漸近的兄妹，他們所珍視的日常。

沙季應徵上悠太工作書店的打工。立場成了前輩的悠太，發現她許多嶄新的一面。同時段排班的讀賣栞卻從沙季的模樣，看出那無法依賴別人的認真個性，某天說不定會毀了她。悠太被迫抉擇，要打破最初的約定，插手影響她的生存方式，還是不要……？

各 **NT$200/HK$67**

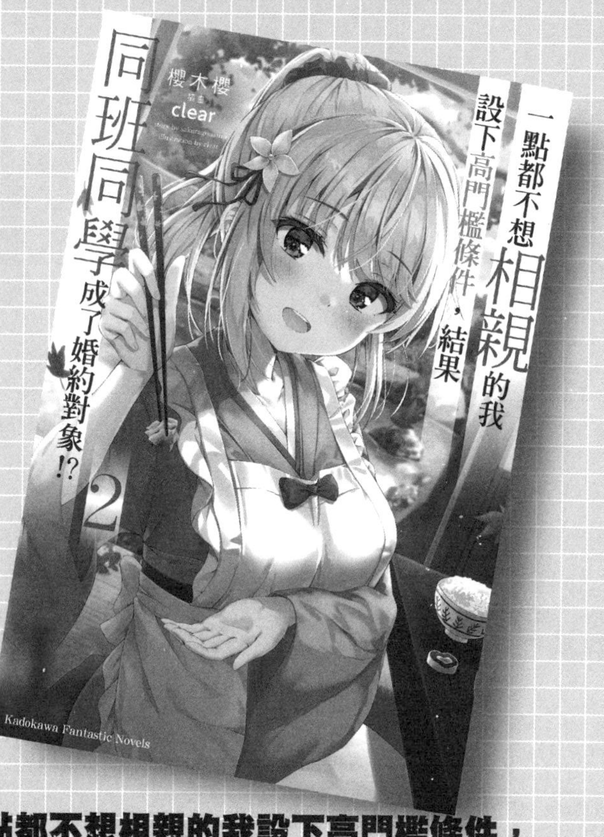

一點都不想相親的我設下高門檻條件，結果同班同學成了婚約對象!? 1~2 待續

Kadokawa Fantastic Novels

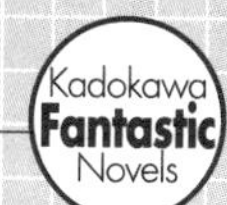

作者：櫻木櫻　插畫：clear

「我們可以睡在同一間房裡嗎……？」
始於假婚約，令人心癢難耐的甜蜜戀愛喜劇，第二幕。

不斷累積甜蜜時光的過程中，心也越來越貼近彼此。當由弦和愛理沙一如往常地待在由弦家時，卻突然因為打雷而停電。憶起兒時心裡陰影的愛理沙半強迫性地決定留宿在由弦家，於是由弦準備讓兩人能分別睡在不同房間。不安的愛理沙卻開口拜託他——

各 **NT$250/HK$83**

繼母的拖油瓶是我的前女友 7

「但願此刻暫時停留」

紙城境介

插畫／たかやKi

Kadokawa Fantastic Novels

繼母的拖油瓶是我的前女友 1~7 待續

作者：紙城境介　插畫：たかやKi

「——我們的生日。那天，你要空出來喔。」
以兄弟姊妹關係迎來這天的兩人將面對彼此感情？

當起學生會書記的結女，神色緊張地踏進學生會室，誰知室內卻聚集了一群對戀愛意外多愁善感的高中生！以往與水斗成天互酸的她，事到如今難以啟齒表達好感，竟從學生會女生大談的戀愛史當中獲得靈感，想出引誘水斗向自己告白的「小惡魔舉動」？

各 **NT$220~270/HK$73~90**

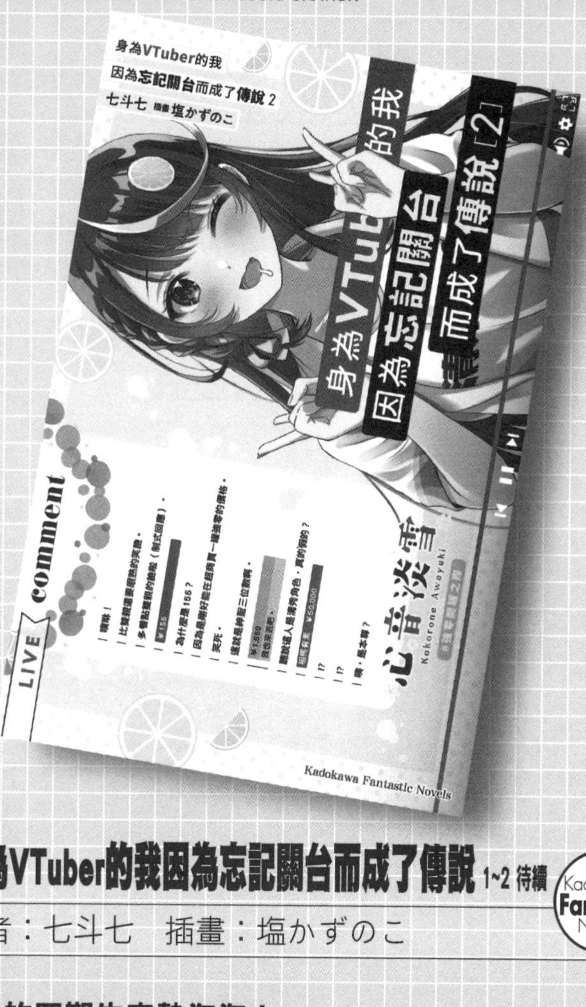

身為VTuber的我因為忘記關台而成了傳說 1~2 待續

作者：七斗七　插畫：塩かずのこ

危險的四期生來勢洶洶！
衝擊性十足的VTuber喜劇第二集！

因為開台意外而一舉成名的Live-ON三期生心音淡雪，終於有了自己的後輩！卻突然冒出向淡雪告白示愛的四期生！不僅如此，其他四期生也是渾身Live-ON風格的怪胎！到頭來，淡雪甚至被稱為「超（棒的）媽咪」？

各 **NT$200/HK$67**

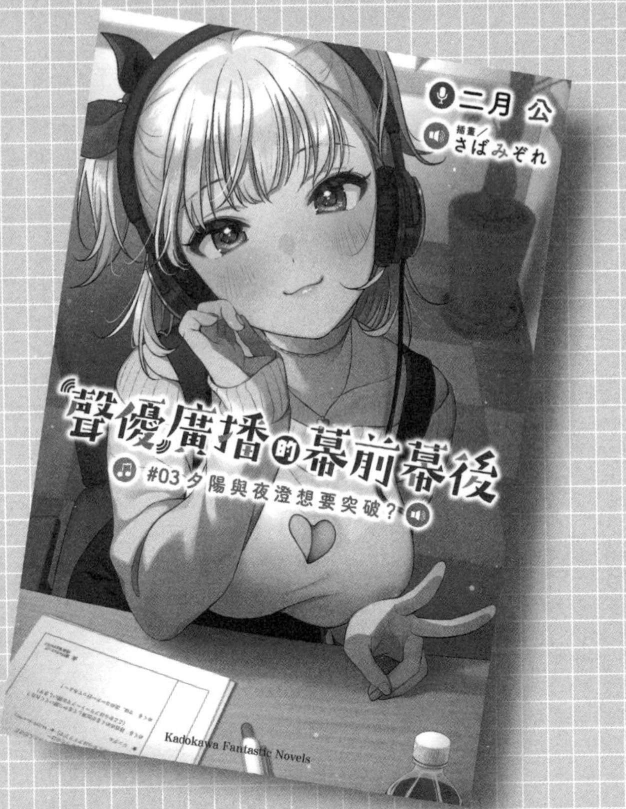

聲優廣播的幕前幕後 1～3 待續

作者：二月公　插畫：さばみぞれ

「「絕對不會輸給妳！」」
由想有所突破的聲優們主持的廣播，再度ON AIR！

隨著日常恢復平靜，夜澄目前的煩惱是──沒有工作！就在她窮途末路時，居然獲得了在夕陽主演的神代動畫中扮演女主角宿敵的機會！她幹勁十足，然而沒能持續多久……一流水準的高牆便毫不留情地阻擋在她面前──

各 **NT$240~250/HK$80~83**

你喜歡的不是女兒而是我!? 1~4 待續

作者：望公太　插畫：ぎうにう

兩人的關係即將往前邁進一步。
一個艱難的抉擇卻又出現在他們面前——

遲遲沒回覆告白的我，終於不再猶豫了。一察覺自己的心意，我就在如火山爆發的情感之下吻了他。面對突如其來的吻，他雖然一臉驚訝，但是不用擔心，因為我倆之間早已無須言語。這下我和阿巧就是男女朋友了！結果這麼想的只有我一個……？

各 **NT$220/HK$73**

刮掉鬍子的我與撿到的女高中生 1~5（完）

作者：しめさば　插畫：ぶーた

「吉田先生，能遇見你這位有鬍渣的上班族實在太好了。」
上班族與女高中生的同居戀愛喜劇，堂堂完結！

吉田和沙優前往北海道，意味著稍稍延後的別離已然到來。在那之前，沙優表示「想順便經過高中」——導致她無法當個普通女高中生的事發現場。沙優終於要面對讓她不惜蹺家，一直避免正視的往事。而為了推動沙優前進，吉田爬上夜晚學校的階梯……

各 **NT$200~250/HK$67~83**

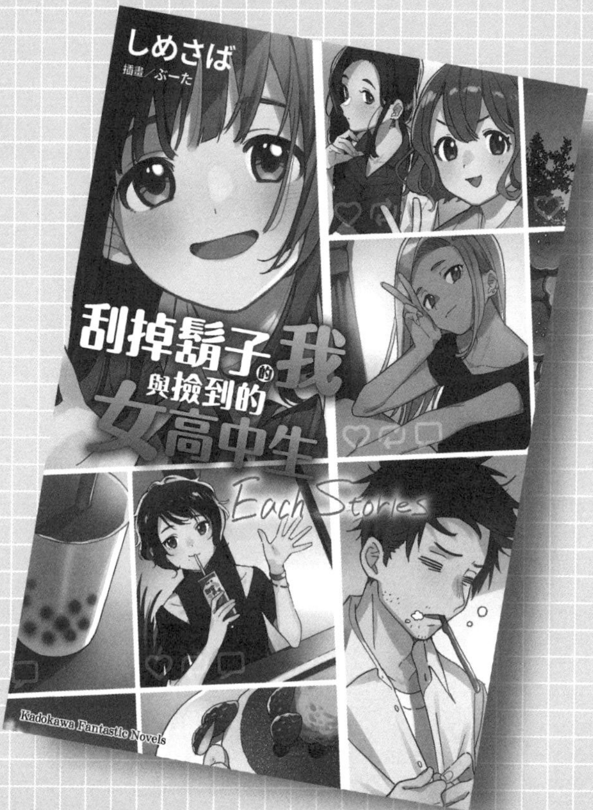

刮掉鬍子的我與撿到的女高中生 Each Stories

作者：しめさば　插畫：ぶーた

「沙優，話說妳果然很會做菜耶。」
「啊，是……是嗎？」

從荷包蛋的吃法，吉田和沙優窺見了彼此不認識的一面；要跟意中人去看電影，三島打扮起來也特別有勁；神田忽然邀吉田到遊樂園約會……這是蹺家ＪＫ與上班族吉田的溫馨生活，以及圍繞在兩人身邊的「她們」各於日常中寫下的一頁。

NT$220/HK$73

國家圖書館出版品預行編目資料

救了想一躍而下的女高中生會發生什麼事?/ 岸馬きらく作；林孟潔譯 . -- 初版 . -- 臺北市：臺灣角川股份有限公司, 2022.10-
冊； 公分
譯自：飛び降りようとしている女子高生を助けたらどうなるのか?
ISBN 978-626-321-867-3(第 3 冊：平裝)

861.57 111013128

Kadokawa
Fantastic
Novels

救了想一躍而下的女高中生會發生什麼事？ 3

（原著名：飛び降りようとしている女子高生を助けたらどうなるのか？ 3）

2022年10月17日 初版第1刷發行

作　　者：岸馬きらく
插　　畫：黒なまこ
角色原案、漫畫：らたん
譯　　者：林孟潔

發 行 人：岩崎剛人
總 編 輯：蔡佩芬
編　　輯：邱瓈萱
美術設計：李思穎
印　　務：李明修（主任）、張加恩（主任）、張凱棋

發 行 所：台灣角川股份有限公司
地　　址：104台北市中山區松江路223號3樓
電　　話：（02）2515-3000
傳　　真：（02）2515-0033
網　　址：www.kadokawa.com.tw
劃撥帳戶：台灣角川股份有限公司
劃撥帳號：19487412
法律顧問：有澤法律事務所
製　　版：巨茂科技印刷有限公司
ＩＳＢＮ：978-626-321-867-3